〔日〕伊坂幸太郎 著
星野空 译

死神的精确度

南海出版公司

新经典文化股份有限公司
www.readinglife.com
出　品

死神的精确度

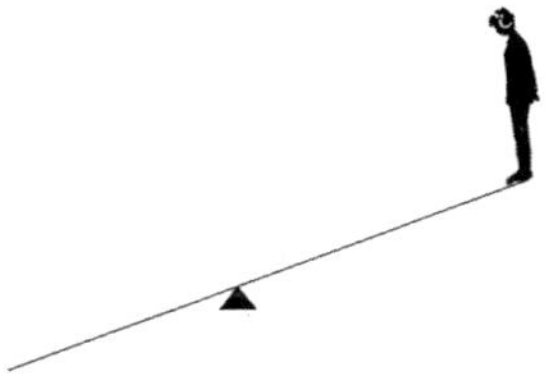

目录

死神的精确度

1

“我对头发一点兴趣都没有。”很久以前，一位理发店老板曾这么对我说，“不就是拿剪刀剪客人的头发吗？从早上开门到晚上关门，不停地咔嚓咔嚓。虽然看见客人的发型被自己打理得清爽整齐是挺有成就感啦，但并不表示我就会喜欢头发这玩意儿。”

他在五天后就被杀人魔刺中腹部身亡。当然，在说那番话的时候，根本不可能料到自己死期将近，所以他的声音明朗又充满活力。

我问他：“那你为什么会干理发这行？”

他苦笑着回答：“工作嘛。”

这话还真合我意——夸张点说，这话真符合我的哲学。

我对人类的死亡没什么兴趣。不管是年轻的总统在时速十一英里的游行专车上遭狙击，还是哪里的少年和爱犬一起冻死在鲁本斯的画前，都跟我没关系。

我想起来了，刚才提到的那位理发店老板也曾经说过他“怕死”。我于是问他：“你记得出生之前的事情吗？出生之前，你觉得恐怖吗？感到痛苦吗？”

“不。”

然后我说：“所谓死亡，无非就是回到出生前的状态而已，既不恐怖，也不痛苦。”

人类的死亡毫无意义，分文不值。也就是说，反过来想所有人的死都是等值的。所以什么人什么时候死，对我而言都无所谓——话虽如此，我今天还是要为了确认人类的死亡而特地跑一趟。

你问为什么？工作嘛，就像理发店老板说的那样。

我站在一栋大楼前，这是某电机制造商的办公楼，坐落在距离车站约百米的地方，二十层楼高，一面墙仿佛窗户玻璃一样映照出对面的天桥及楼内的紧急通道。我站在正门旁边，百无聊赖地甩着折起的伞。

头顶上的云黑压压的，层层叠叠，让人联想起壮硕的肌肉。天空飘着雨，雨势虽然不大，却仿佛永远不会停止般连绵不绝。

我工作的时候天公总是不作美。原本我还以为，因为“处理死亡的工作”才必定伴随坏天气，但同事倒好像没有遇到这种情况，所以可能纯属巧合。我从来没见过晴天，当我这么说的时候，不要说是人类，就连同事都是一脸难以置信的表情，可事实就是事实。

看看手表，十八点三十分。根据情报部发给我的时间表，目标应该快出现了。才这么想，就看见她从自动门里出来了，我立刻跟了上去。

她撑着一把透明的塑料伞，看上去并不怎么醒目。她相当高，也不像囤积了过多脂肪的样子，但值得赞美的也就这些了。她走路时有些驼背，垂着头，腿呈O形，比一般二十二岁的人要显得老。乌黑的头发在脑后扎成一束，给人郁郁寡欢的印象，更重要的是，一种可说是疲劳感或说是悲壮感、像是无精打采的影子一样的东西从额头到脖颈粘住了她。使她看起来像是包裹在一层阴暗的铅灰色之中的原因，恐怕并不仅仅是这打湿地面的雨。

也不是说化了妆就会好一点，而是她似乎根本就没有想要装扮自己的想法，就连身上穿着的套装也不是什么有档次的货色。

我迈着大步跟在她身后。我得到的指示是这样的：前方大约二十米处有一个地铁入口，在那里接触即可。

快点解决就好了，我每次都会这么想。该做的做，不该做的不做，这就是我的作风。

2

我来到地铁的楼梯口，站在有屋檐的地方收起伞，收起之前用力甩了两三下，甩得水珠四溅，沾着的泥顺势飞到站在我身前的她的背上。

“啊！”我惊呼，这泥比我预计中的还要大许多。

她回过头，一脸警惕地看着我。

我低头道歉：“真对不起！泥溅到你身上了……”

她使劲转过头，不讲究地拉过身上的套裙找泥点。当她发现驼色面料上沾了一块大小为五百日元硬币的泥后，再一次用充满怀疑的眼光打量着我，看起来又像是很生气。她当然有生气的权利，但她更像是已经气得不知所措。见她似乎打算就这样沿着楼梯往下走，我赶紧上前挡住她的去路。

“请等一下，洗衣费我出。”我提议。

虽然并没有仔细确认过，但我这次的外形，对年轻女子来说应该是魅力十足的。情报部对我这次扮演的角色是这么说明的：二十岁出头的男青年，很帅，就像时尚杂志上的男模特。每一次，他们都会根据调查所得来的信息决定我们的外形和年龄，使我们能更加顺利地开展工作。

所以我的样子不太可能令她心生厌恶，大概是突然提到钱的事情让她觉得有点可疑。

她当即说了句什么，能猜到是“没关系”或者“不用了”之类的话，可她的声音实在太轻，又含在嘴里，听不清楚。

“等一下！”我不禁反射性地想拽住她的手，好在赶紧抽了回来。

我忘记戴手套了。我们不可以赤手直接接触人类的身体。一旦赤手碰触，人类就会立刻晕厥或怎么样，麻烦得很，所以除紧急情况以外，我们严禁与人有直接接触。这是规定。违者会被强制进行一定时期的体力劳动和思想教育。

在我看来，这种微不足道的违规就跟人类乱扔烟蒂或者乱穿马路差不多，没什么好一一纠正的，但是我绝对不会把这种想法说出来，因为虽然心有抗拒，但同时也认定是应该遵循、必须遵守的规定。

“这衣服看上去很高档，被我弄脏了可不行。”我说。

“看上去很高档？一共也就一万日元而已。”她终于正常了点，“你在讽刺我吗？”

“但看上去并不像便宜货啊。”其实是一目了然，“如果真是这样的话就更不好了，现在合算的套装很难买到不是？”

“别管它了，只弄脏了这么点。”她的声音有些低落，“如今就算是沾到一两点泥也不会有什么改变的。”

是的，你的人生不会因为沾了多少泥而改变，反正你一星期以后就要死了。我暗想，没说出口。

“别这么说。这样吧，为了表达歉意，我请你吃饭如何？”

“啊？”她的反应明确告诉我，从来没有人对她说过这样的话。

“我知道有一家餐厅不错，但是一个人去有点尴尬，如果你能陪我去就好了。”

她瞪着我。大概是起了戒心。人类实在是疑心病很重的动物，就怕自己被当成傻瓜，却又很容易上当，真是不可救药。这是我一贯的看法——当然，也没什么好救的。

“你的同伙呢？他们躲在哪儿？”她话中带刺。

“什么？”

“他们肯定躲在什么地方偷笑吧。你们不就是想看看调戏我我会有什么样的反应，不就是想寻我开心吗？”她给人的感觉不像是在说话，反倒更像是在念经。

“调戏？”我无言以对。

“我虽然看上去没什么魅力，可也从来没给谁添过麻烦，请不要来招惹我！”

说着她就要往前走，我轻率地赤手搭住了她的肩膀——糟了！说时迟那时快，她一扭头朝这边看，就好像看见死神般，不，她看见的就是死神，总之她脸色煞白，当场坐倒在地。

现在后悔也来不及了，我只祈祷没被同事看见。我从口袋里拿出手套戴在两只手上，将瘫坐在地上的她抱起。

3

“你真的不是在作弄我？”她坐在我对面，依旧半信半疑。

由于她的声音实在难以听清楚，我不得不凑近去听。现在我们是在一家俄罗斯餐厅，我把晕厥的她弄醒后，趁她意识还恍惚的时候把她半拉半拽地带到了这里。

“真的不是要你，我只是想表达歉意而已。”

“哦。”她的表情不再僵硬，红晕爬上了她的脸颊。

“刚才你突然晕倒，吓了我一跳。”我当然不可能跟她解释说，是因为我没戴手套碰到她造成的。一旦被我们赤手碰到，人类还会减寿一年，不过反正她近期就要死亡的概率相当高，应该没什么影响。

“我也是第一次这样，我身体还是挺好的。”

你就不能把话说得清楚点吗？这是我内心真实的感受。阴沉的语调，不仅让说话者本人，更让听的人扫兴。

她继续很小声地问我：“那个，你叫什么？”

“我叫千叶。”我应道。被送来工作的我们都有着自己固定的名字，每一个都取自街道名或城市名，每一次的外表、年龄都会不同，但唯有名字不变，可以说是方便管理的代号吧。

“你叫什么名字呢？”

“藤木一惠。”她解释，“一个的一，恩惠的惠。据说我爸妈希望我能蒙上天恩赐至少一项才能，就取了这个名字。很好笑吧？”

“好笑？”

“他们肯定没想到女儿长大后竟然一个优点都没有。”与其说她是想要博取我的同情，还不如说她只是单纯地感慨自己的境遇，因而愤愤不平。她夹了一口鸡蛋料理吃下去后，嘟囔了一句:“我太难看了。”

“难看？”我一时真的没领会过来，于是眯起眼睛，拉远了距离看着她说，“不会，很容易看到，不是很难看啊。”

她当场笑出声来，一张脸仿佛平生头一回受到聚光灯的青睐一般，亮了，虽然只是短短的一瞬间。“不是那个意思，是说我不漂亮。”

“哦。”我无法即刻否定她的话。的确，她不漂亮。

她问我年龄，我告诉她“二十二岁”——是情报部故意设定成同龄的。

“你看上去比实际年龄稳重多了。”

“我一直被人这么说。”这是事实。同事们也经常会说我“沉着”“冷静”之类的。我只是不喜欢瞎闹腾，也不擅长表现喜怒哀乐，据说这样的性格叫作特立独行。

接着，她开始聊自己工作单位的事，虽然声音依旧小得几乎听不到，但至少舌头变灵活了。与其说是她慢慢打开了心扉，不如说是猛灌了啤酒的结果。

她说她在一家大型电机设备制造公司总部工作。

“一流企业呀，真厉害。”我努力表示出羡慕。

“但是，是处理投诉事件啊。”她皱起了眉头，一张脸越发显得不可爱了，“我被安排在投诉处理部门，那可是谁都不乐意干的工作。”

“投诉处理？”

“就是接听客人的电话。最初打进来都是其他客服人员接的，但如果对方态度恶劣，就会把电话转到我这里来。我等于就是专门应付胡搅蛮缠的客人的。”

“那可真郁闷。”

“是啊。”她耷拉着肩，毫无生气地点着头，“真的很郁闷。全都是来发牢骚的，要么破口大骂，要么就唠唠叨叨、嘲讽个不休或者干脆威胁你，每天都要面对这样的人，简直要抓狂了。”

那可真是太好了。我几乎要在心里鼓掌了，于是若无其事地引诱道：“每一天都过得很痛苦？”

“不，”她摇头，“是每一天都过得痛苦不堪。”

“有那么痛苦？”

“别看我现在这样，其实我接电话的时候都是用非常明快的声音跟客人交流的，因为觉得是亏欠了人家的。可老是被责骂，情绪变得很低落。”

她的声音就如同浑浊泥沼上的气泡破裂声，又轻又阴郁，尽管她告诉我她在讲电话的时候会发出明快的声音，可我一时真的想象不出来。

“最近还有一个特别奇怪的客人找上门来。”

“哦？”

“竟然特地指名让我接电话，对我发牢骚！”

“指名？”

“嗯，投诉处理部门共有五个女职员，电话一般是随机转的，但那个人却指名道姓要我接听。”

“真是过分。”这种有跟踪狂倾向的投诉者真是太坏了。

“实在是太过分了。”她垂下了脑袋，翻起呆滞的双眼望着我，无力地挤出一丝微笑，“还不如死掉算了。”

你的愿望会实现的——我几乎要脱口而出了。

4

“那你除了工作以外有什么兴趣爱好吗？比如放假的时候做点什么？”

“放假的时候？”她的表情好像在说，我从没听到过这么愚蠢的问题。“什么都不做，就做做家务。然后嘛，就是扔扔硬币。”她有点醉了，说话开始含混，眼皮也耷拉了下来。

“扔硬币？”

“就是想着‘如果是正面就能获得幸福’，然后扔十元的硬币。很简单的一种占卜。”她似乎已经从自嘲迈向了豁然领悟的境界，“但是基本上扔出来的结果都是反面。然后我就想着‘如果是反面就获得幸福’，再扔……”

“结果就变正面了？”

“嗯。”

“你想太多了吧。”

“连百分之五十的概率都不来眷顾，还怎么有力气活下去呢？”她咕嘟咕嘟喝光了啤酒，“我这种人，有没有都没什么分别，就算死了也没人在意。”

“你死了会有很多人难过的。”我敷衍着。

“有一个人是会的。”她的身体摇摇晃晃起来，“就是那个老指名找我发牢骚的老头。”然后她露出牙齿大声笑了起来，“我是真的不想活了，活着也没好事。”

我们负责的对象经常会在没有受到暗示的情况下跟我们讨论“死亡的话题”。对于死亡，有人恐惧，有人憧憬，也有人表现出了如指掌的样子，但有一点是共通的，那就是当他们有一搭没一搭地向我诉说的时候，脸上的神情总是如同藏身在茂密的灌木丛中窥视着更深处的黑暗一般。

据说这是因为人类会在潜意识里察觉到我们的真面目。培训的时候学过——死神会带给人类死亡预感。

实际上，自古就有人类能隐约察觉到我们的真面目：有人会因为“感到发冷”而不安；有人会写下对于死亡的明确预感：“我感觉我近期内就要死了”；也偶尔有人能敏锐地察觉到我们的存在，在告诉对方时却自称是占卜的结果。

“最好不要总是把‘想死啊’这种话挂在嘴边。”我有口无心地说着。

“每天都要接那种投诉电话，私人生活里也没什么让人高兴的事，我还有什么理由活着？我想投诉自己的人生。”她继续没什么心眼儿地抱怨着。

活着本来就没什么意思——我忍着没说。

“寿命啊，命运啊，这种东西真的存在吗？”看来她的体质不怎么能承受酒精，那张长着单眼皮的阴沉沉的脸，愈发显得阴郁了。

根据情报部的数据显示，她基本上没跟男性这么面对面地吃过饭，所以大概是因为兴奋和紧张，她喝酒的速度快了很多。

一对看上去关系很亲密的男女正在隔壁桌用餐。女子一边摸着肚子，一边摆出一副为难的娇媚模样说：“好饱呀，我吃不下了。”对面的男子立刻表示："没关系，我来帮你吃。"于是那女子很开心地道谢："你真好，谢谢。"我无法理解，把吃的分给对面的家伙有什么好开心的?

"寿命的确是有的。"我把注意力重新放到藤木一惠身上，回答道，"但是，并不是每个人都能寿终正寝。"

她嘻嘻笑道："你这话不合逻辑。人死了就是寿命到了。哪有在阳寿到头之前就死掉的？你这种说法不是很奇怪吗？"

"如果每个人都要等到阳寿到头才死，那可就不得了了。"本来是不应该说到这个份上的，可我知道她已经醉了，便继续说道，"那样平衡就打破了。"

"什么平衡？"

"人口啊，环境啊，世界的平衡喽。"其实我也只知道这些皮毛而已。

"但是人都是阳寿到头才死的，对吧？"

"在寿命结束前死的也有。比如突发的事故、意想不到的事件，死于这些的人其实并不是因为寿命到头。还有因为火灾、地震或溺水而死的人，这些与既定的寿命不一样，其生死是之后决定的。"

"那是谁决定的？"她的眼睛闭上了。

我很想老实地回答"是死神"，但觉得这个称呼算是一个蔑称，于是改口道："可能是神仙吧。"死神也有个"神"字，不算是骗她吧。

"骗人！"她亢奋地笑起来，"如果真的有神仙，那为什么不来帮帮我?！"她的音量提高了不少，声音听起来很清脆。我一愣，因为在那个瞬间，我听到了非常美妙的嗓音。"那么神仙是以什么标准来决定谁死谁活的呢？"

“我也不知道。”我如实回答。事实上，我对我们是根据什么样的标准、依照什么样的方针来筛选出工作对象，也是一无所知，那是别的部门的工作，我只是根据那个部门的指示做事罢了。

“但如果是被这么随意地安排在飞来横祸中死掉，也很让人受不了啊。”

“是吧。”

“如果不是很好地调查之后再做决定，我可不要哦。”她像唱歌一样地说完，啪嗒一声趴倒在桌子上。

“没错，就是这样！”我在心里用力地应和着，“我就是因为这个才来见你的！”

展开一番调查后，判断并报告对象是否适合“死亡”，这就是我的工作。

所谓的调查也不是什么大事，只要提前一个星期与对象接触，听对象说个两三次话，随后写一个“可”或者“放行”就可以了。而且，由于判断的标准是由我们自己掌握，所以这个调查制度就等于一种形式，只要没什么特别的事发生，就上报“可”。

“啊，真想死。”她脸颊贴着桌子，像说梦话似的嘟囔，“明天就死吧。”

在我们调查期间，调查对象是不会死亡的，虽然自杀和病死不属于死神管辖范围，我们无从得知它什么时候会发生，只知道调查期间不会发生。所以我也开始对她抱有一点歉意了：“很遗憾，明天你还死不了。”

5

把她送上出租车后，我漫步在深夜的商店街上，这条街有拱顶。可能是感觉工作能顺利进行吧，我的步伐相当轻快。我的工作本来就很轻松，只要不讨厌变成人类的样子以及跟人类接触，那么只需要交谈几句，填写一下报告就能完成。不需要跟同事有太多牵扯，到了现场还能根据自己的想法行动，很适合我。

我走进一家CD店。深夜仍然营业的CD店比较少见，每次发现一家都能让我感到很安心。深夜十一点过后的CD店里，稀稀拉拉地还有几个客人。我敏捷地穿过一排排CD架，走到陈列试听设备的地方。

要说干这个工作有什么乐趣，那自然就是可以欣赏音乐。戴上耳机，乐曲流淌而来的感觉很新鲜，能体味令人战栗的感动，实在是妙不可言。

我对人类的死亡没有兴趣，但想到人类一旦灭绝，音乐也将不复存在，还是会感到非常难受。

啊！我发现试听机前已经站了一个中年男人，尽管他戴着耳机，可我还是一眼就认出他是我的同事。

我敲敲他的肩膀，这个闭着眼睛一脸陶醉的男子猛地回过头来，摘下耳机，笑着冲我打了个招呼："嗨！"

"你负责的对象也在这附近吗？"我问他。

"嗯，不过今天已经结束了。"

“报告交上去了，还是已经送行了？”

“送行。”他耸耸肩，“在喝醉酒后回家的路上从地铁站台上掉下去了。”

我们按规定要在为期一周的调查结束后向执行部门提交结果报告，假如结果是“可”——不，应该说大部分是“可”——翌日，也就是第八天，“死亡”就会得到执行。总之，我们要看着调查对象咽下最后一口气，工作才算正式完成。

顺带要说的是，我们事先并不知晓自己负责的人类将以什么方式死去。死因也不会发生在七天的调查期间，比如，在第六天受的伤恶化后到第八天死去的例子就不可能发生。一直到送行时刻到来之前，我们都完全无法想象他们的死亡方式。

“这算是回去前最后的试听？”我指指耳机。

“差不多吧，也不知道下次是什么时候。”他微笑着回答。

我和我的同事们在工作期间只要得空，多半会进CD店试听。如果你在CD店里看见有人专心致志地伫立在试听机前，一点都没有要走的样子，那多半不是我就是我的同事了。

以前曾经有机会看过一部电影，描述的是“天使聚集在图书馆”的场景。当时我很感慨：原来他们在图书馆呀。我们都在CD店。

“这张碟很棒。”他把耳机递过来，我戴上了。说不上是摇滚还是说唱乐，女歌手的声音听起来让人感觉轻松惬意。

“这个是不错。”我把耳机还给他的同时表示同意。我们一旦没轻重起来，就不是在工作的间隙欣赏音乐，而是在鉴赏音乐的间隙工作，甚至连跟音乐有关的信息都了如指掌。眼前的这位同事，此刻带着些许得意的表情开始对我炫耀说什么“这张碟最值得注意的是制作人”

之类，然后开始喋喋不休地夸奖这个制作人是怎样怎样的天才。

“但是音乐之所以好，不是因为女歌手的声音很有感觉吗？”我反驳道，“跟制作人没关系吧。”

“是的，唱歌就是要看歌声，要看歌手的素质和才华，关于这一点，这个制作人也是这么说的。所以说嘛。”

“所以说嘛？”

“要知道，发掘这个声音的制作人真是厉害呀。”

我不置可否。我猜测他是把净做着一成不变工作的自己同做幕后工作的制作人重叠了的缘故。

“你的工作怎么样了？”他对我扬扬下巴。

“今天刚开始调查，幸好很简单的样子。”我想起了藤木一惠的脸。

“什么简单不简单，反正一开始就决定是‘可’了，不是吗？”

“我还是打算稍微认真一点去下判断的。”我反驳说，“我想尽量收集信息，然后做出正确的判断。”我就是这样的性格。

“但最后还是‘可’吧。”

“谁知道呢。”我不得不承认，实际上的确可能如此。“可我还是打算姑且认真调查一回。”

“你也说姑且了？”

“嗯，姑且。”我拿起隔壁的耳机戴到头上，按下播放键。同事朝我挥挥手道声再见，走出了 CD 店。

不管是爵士、摇滚还是古典乐，无论哪一样，音乐总是最美好的。听到音乐，我就感到十分幸福。我想，同事们都跟我有同样的体会吧。不是说因为是死神，就只能接受那种在夹克上印着骷髅头的重金属乐，绝对不是。

6

再次遇到藤木一惠，是在两天后的晚上，还是下着小雨。我等在她工作的大楼前，看见她从自动门里走出来，便立刻跟在她身后。身旁的车道上车辆来来往往，车轮滚过，道上的积水便发出如潮水涨落般的起伏声。

她步行的速度大概比上次更快，我在后面追得很辛苦。靠得相当近的时候，我伸出戴着手套的手拍了拍她的右肩。她猛地回头，反应敏锐得反而吓得我后退了一步，使我想到要是拿热水去泼她正在酣睡的脸，估计也会是这种反应。

看到我的脸，她轻轻地“啊”了一声，脸上流露出松了一口气的神态，看来害她惊慌失措的人应该不是我。

“其实，”我从口袋里掏出一块手帕，“我是想来还你这个的。”

“咦，这不是我的吗？”

“嗯，上次我打翻啤酒的时候你借我的，忘啦？”

“啊，有这回事吗？”她歪着头回忆，一张脸毫无生气。

我这是骗她的。其实那是我在送她上出租车时从她口袋里顺手牵羊来的。

“上次真是多谢你了。我都不太记得发生了些什么了。”她语无伦次地说着，点头致谢。

“那么，我们还能再聊聊吗？”

她怯怯地四处张望，与其说是在意周围人的眼光，不如说是在戒备什么。我于是试着欲擒故纵："是不是不方便？"

"不，不是。"她摇头，"那个……其实，那个人可能就在附近。"

"谁？"

"之前可能也跟你说过，就是一个老打电话来投诉的客人。"

我想起来了。"点名要你听他发牢骚的那个？"

"嗯。"她的声音细细的，"今天他又打电话来了，还说想见我。"

"这太可怕了。"

"所以我想他大概就在附近吧。"

因此我立刻拦了辆出租车，去了邻近的街道。原本我还担心她会因为我的独断而拒绝，幸好她并没有反抗。一走进不知名的咖啡馆，她反倒安心了不少，整个人都放松了。"这里一定很安全了吧。"

"那个来投诉的家伙还真恶心啊。"我向她搭话。我也不是非要她跟我聊这个不可，但如果能了解她每天的生活有多痛苦，也可以作为我填写报告的判断标准；更重要的是，像这样打听到对象的烦恼，能让我获得自己是在工作的充实感。

"一开始他是来投诉录像机的开仓键坏掉了。"

"你能不能稍微大声点？"我不由得脱口而出。

"啊？"

"你说话声音这么小，让我感到很压抑。"虽然不管她说话声音大小，她原本就被一种阴郁的气氛所包围，但至少说话的语调应该明快些。

"工作的时候我还是会强迫自己发出明快的声音的。"

的确，如果她用这种声音跟客人说话，只会招来更多的不满。

"转到我这里的客人都是些为了一点点小事就能喋喋不休的人，

我得听他们抱怨，再一个劲儿地道歉，‘真是对不起，万分抱歉’，就这么不断重复。”

“光是想象这场景就让人郁闷啊。”我说。

“那个人一开始也是这样，但是中途感觉就不对了，他突然说‘再次给我道歉’。”

“再次道歉？”

“嗯，他说‘再次给我道歉’，我当然就得再次道歉。但是他居然一而再，再而三地要我道歉。最后还很生气地说：‘你快给我说点什么！’”

“大概女性的道歉可以让他获得性快感吧。”我这么说，并没有确切根据，但我时常惊讶于人类对于性的千奇百怪的嗜好，所以认为说不定还真有人是这样的。

她大概从未有过这方面的体验，一个“性”字就让她红了脸。“然后那天就算结束了。结果第二天他又打来了，这次投诉的是电视机。”

“电视机？”

“说电视机的画面越变越窄，突然就黑屏了。我告诉他我们公司会派人上门修理，他却不肯罢休，说这个他不管，非要我解释清楚这是怎么回事。”

“解释故障原因？”

“我怎么知道！”

“你不是负责那个的。”

“对，我只是接投诉电话，也没见过他说的那台电视机。但他却硬是要我随便说点话，还要我说得更大声点，口齿更清楚点！”

“说不定他并不在乎你说的是什么，只是想要跟你说说话。”我这么一说，她立刻流露出厌恶至极的神情。

“然后是录音机。”

“音乐！”我冲动地喊出声来，但立刻为自己的失态感到羞愧，忙掩饰道，“录音机坏了吗？”

“肯定是骗人的。”她的脸扭曲了，“他说他的CD拿不出来了，所以要我唱歌给他听。”

“很可疑啊。”

“是吧。他一直缠着我说：‘你知道这首歌吗？唱给我听听。’”

“看来需要修理的是这个客人的脑袋。”

“我很害怕，就一个劲儿地道歉。可他说什么都要我唱给他听。”

“真是太变态了。然后他终于提出要见面了？”

“是的。”她无力地呻吟着，低下了头，“说自己的DVD播放器出故障了，很是发了一通牢骚，最后就说想在什么地方见个面。”

“难道是喜欢上你了？”

“喜欢我？”她大吃一惊，似乎从来没往这方面想过。

“大概跟你说着说着就喜欢上了吧。”如果真是这样，或许就不想死了。

“这怎么可能……”她开始动摇，似乎还带着点喜悦，但随即清醒过来，“我可不要被这种奇怪的人喜欢上。”

“说的也是。”别说我不认为这个接近变态的投诉者能带给她幸福，单就一个阴郁女子和牢骚男人的组合来说，也很难让人相信他们会有光明美好的未来。

她陷入了沉默。我一边思考该说些什么，一边看向窗外。街上的行人打着伞，皱着眉头来来往往。人行道上到处积水，突显出地面的凹凸不平。

“最近经常下雨呢。”她大概是循着我的视线也在看窗外，所以才这么开口说道。

“嗯，我工作的时候总是下雨。”我老实回答。

“那你是雨男喽。”她微笑了。

我不清楚她为什么这么开心，一个多年的疑问却乘机浮现脑际：“那雪男[1]是同一个意思吗？”

“什么？”

“雪男就是指每次要做什么的时候必定会下雪的男人吗？”

于是，她又一次笑了：“你真是太幽默了。”竟然还拍手。

我不爽了。提出一个很认真的问题却被当成了幽默，真让人哭笑不得。更何况我根本就不知道我的话到底哪里可笑，所以恐怕也不会用到下一次的交谈中。这样的事情经常发生，每次我都会感到不开心。

过了很久，她轻声叹息：“我的人生，到底算什么……”感觉压抑已久的情感终于爆发出来了，我一震。她的眼底写着依赖，犹如一个掉进地洞爬不上来的女子望着洞口，娇嗔着喊道“放根绳子下来呀”，声音中掺杂着娇媚与焦虑。

我意识到她或许是在向我求助。她看起来对我存着一份期待：眼前的这个男人无疑能将我从这一无是处的人生低谷中解救出来。说起来，我这次的外形可是相当有魅力的。这并不值得高兴。很遗憾，我帮不上忙，而且也超出了我的工作范畴。我的同事当中也有人会抱着“反正你下周就死了，就让你在短时间内尝一尝幸福的滋味吧”的想法，

①生存在降雪多的地区的未确认生物体，大多分布在喜马拉雅山。

对当事人虚情假意一番，但我没这个爱好。这就像特地去装扮马上就要剪掉的头发一样，反正迟早要被剪掉的，做什么都不再有意义。

理发店老板不会去拯救头发，我同样不会去拯救她。就这么简单。

7

接下去的四天，我基本上没有进行过可以被称为工作的活动。不，应该说，在接到监察部的电话之前，我与藤木一惠都没有接触，所以确切地说，不是“基本上没有”，而是“完全没有”。

这四天里，我走遍街上的每一家 CD 店，在试听机前欣赏音乐，直到店员对我翻白眼；在深夜的公园里闲逛，观看拉帮结派的年轻人袭击落单的白领；在书店里一本接一本地翻看音乐杂志。

杂志上正好登载了前几天同事大肆赞扬的天才制作人的专访。以前我并不知道他的名字，没想到却听过好几张据介绍说是由他制作的 CD。记忆中，每一张都可以称为杰作。不得不承认，这个制作人果然是天才。当遇到跟音乐有关的事，我对人类的态度都会变得温柔。

在他的访谈里提到了“死”这个字，吸引了我的眼球——我至死都在期待着遇到具有真正的、崭新的才华的人。他那不可动摇的信心，或者说是坚定的信念，让我深深折服于他所散发出的活力。我固然没有辞职的念头，但也绝对没有这位制作人溢于言表的狂热。原来如此，我突然明白，我所欠缺的，正是对工作的热情。

当监察部打来电话的时候，我才刚刚按下试听机的播放键，在铃声中，我快步走出店门接起电话。

“情况怎么样？”对方问。他们经常玩突击检查，不定期地与我们联系来确认工作的进度。

“正在调查。”我暧昧地回答，如我一贯的态度，既无热情也没干劲。

“有结论的话就早点报告。”套话。

“可能会跟预定的时间差不多。”这也是一贯的回答。自然是假话。我现在也能立刻把报告交上去。别说是藤木一惠，不管是谁的报告，写一个“可”交出去就算完事了。但我们调查部很少会这么干，不到最后一刻，我们都会继续以人类的身份赖在人间。为什么？为了能够尽情地欣赏音乐。

“总体感觉怎么样？”对方最后这样问道。

“大概会是‘可’吧。”

这样的对话可以说是例行公事，也可以说是一种仪式，正逐渐固定为一种公式化的流程。挂上电话，我考虑再见一次藤木一惠。

她还是在同样的时间走出公司，可能是我的心理作用，感觉她的背影比上回更为纤弱了，周身散发出将死之人的气息。

我撑着伞，在沥沥小雨中追在她身后。我以为她会跟之前一样去乘地铁，不想她却走过地铁站入口，穿过了人行横道。

她走过高级品牌专卖店林立的林荫道，渐渐进入龙蛇混杂的地带，然后来到一处专为行人准备的有屋檐遮蔽的地方。这里人流密集，到处都是游艺中心和快餐店，噪音甚嚣尘上，空气也浑浊不堪。

她停下脚步，在路中央一个小型喷水池附近的长椅上坐下。

她低垂着头，胸前抱着本女性时尚杂志，却丝毫没有要翻看的样子。一看就知道她是在等人，那本杂志估计也是为了与陌生的对方接头的暗号。

真没想到藤木一惠竟然也会有约会对象。会是什么人呢？如果是朋友或者认识的人，她的神色就不该紧张。搞不好——我突然想到——或许就是那个投诉的客人。她大概是彻底厌倦了自己毫无起色的日常生活，想着哪怕只有那么一点点的可能性，也要豁出去赌一回。不，她可能是想，就算情况不能好转，哪怕来一些痛苦的回忆也好过每天一成不变的生活。然后她就答应跟那个只能认为是变态的投诉者见面了——完全有可能是这样。

正想着，就看到一个中年男人迈着大步走近她坐着的长椅。那男人大概四十岁出头，烫着及肩的长发，戴着一副有色眼镜，不胖不瘦，中等身材，裹着一身黑装，看上去不像是做什么正经生意的人。为了不影响到往来的人们，我只能靠在一栋楼的墙上观望。

男人叫了藤木一惠一声。她神情胆怯地望过去，那个瞬间，她的脸上清楚地浮现出失望的表情。

在我眼里，无论出于怎样的私心，这男人都归不到美男子一类，也不像拥有能让女人过上优越生活的财产的样子。换言之，他并不具备可以弥补他作为一个出格投诉者这一缺点的魅力。相信藤木一惠看到他的那一瞬间，心里也是这么想的。

我本来以为这男人在看到藤木一惠的外表后也会失望，事实却并非如此。他在与她对视后，的确像要说出“原来是这样”的样子，但没有明显流露出幻想破灭的神情。

男人上前跟藤木一惠说话，并约她再往里走，她犹豫了相当长时间，最终还是和男人并肩离开了。

我已经做出判断：不管他们再怎么折腾，也不可能会有幸福的未来。

我见过好几个像她这样不知世间险恶的女人，被偶然邂逅的男子迷惑，从而背离了原来的生活轨道。有的被迫沦落风尘，终因不堪工作的重负损坏了自己身体；也有的债台高筑，财产丧失殆尽。对于人类的悲剧我并不关切，所以也就不会产生同情或者悲哀的情绪，但我却能预想到，藤木一惠正被拽上这条不归路。

我跟在他们身后，进了一条岔道，看见前方大约二十米的地方，男人正强行拖着藤木一惠往一家店里走。

那男人硬要拉她进去的是一家卡拉OK店。装饰着华丽灯饰的“卡拉OK”几个大字赫然入目。

我对卡拉OK这玩意儿没什么好感，尽管对于试听音乐有着无比的热爱。以前也有几次因为工作进过卡拉OK店，每次都感到浑身不适，只想快点闪人。具体原因我也说不上来，在我看来，大概是因为音乐与卡拉OK之间有着一条不可逾越的鸿沟。问题不在于孰优孰劣，我只能在音乐这端尽情享受，却不愿靠近彼岸，恐怕可以这么解释吧。

那男人想把她带进卡拉OK店的理由很容易推测。

那种店，只要一进去就会给你准备一间单独的包房，主要目的当然还是用来唱歌，但同时也能听到彼此不经修饰的声音，可以说，非常适合用来拉近彼此的距离。当然，他也可能一进房间就对她意图不轨，或者只是单纯借唱歌来宣泄压力，但不论理由为何，都不稀奇。

藤木一惠显得相当抗拒，腰死命地往下坠，几乎就要蹲在地上，连伞都快掉了。

我以为接下来的剧情与我无关，因为解决男女纠纷不属于我的工作范畴，所以我一度转身打算离开。不料就在这时，我听到一个声音高高扬起：

“千叶先生，救救我！”

那声音清晰响亮，如小号般悠扬。她呼唤的是我的名字，我久久才反应过来。

8

我于是装出正巧路过的样子靠近他们，问：“出什么事了？”

她身边的男人对我的出现非常惊讶，上下打量着我。

“千叶先生，快救我！”她直起身，企图抓住我的手。我因为没有戴手套，赶紧躲开。

“怎么了？”明明已然了解大致情况，却还要装出一副不明所以的样子出声询问，真是麻烦。

“这人就是我上次提到的……”她欲言又止。我于是善解人意地接话：“打电话来的男人？”

“你是谁？”那男人近看比远观显得正常一些，但一点都不像那种老实巴交的公司职员。他的眼神锐利，在他的直视下会让人感到坐立不安。黑色外套的肩头已经被雨淋湿，他却丝毫不以为意。

“一个普通朋友。”我这么回答后，藤木一惠有点伤心地将视线转向一边。

“那你呢？”我反问。

“我找她有点事。”他敷衍道，大概并不打算实话实说。

说时迟那时快，藤木一惠突然拔腿就跑。之前她还像一棵萎靡的植物一般没有存在感，此刻却突然脱逃。“啊”了一声的，不是我，而是那个男人。

她逃跑的姿势很狼狈，但看得出来是拼了老命的。她双手狂摆，低着头，连包都快跑掉了。我听见她在老远的地方高喊："千叶先生，真不好意思，有机会再见！"她的声音从远处传来，回荡在有拱顶的商店街，听起来很是悦耳。

"别碍事！"那男子恶狠狠地朝我逼近。他表现得恐怕比他自己所能意识到的还要亢奋，身体前倾，那架势简直就想把我撞飞。好恐怖！我才一闪念，他却霎时间失去平衡冲着我倒下了。

啧啧。我抱着他摔倒在地，好死不死一屁股坐倒在下水道的盖子上，盖子表面积了雨水，积水透过裤子把寒意传给皮肤，我这才发现没戴手套的手已经碰到了他。

人类为什么总爱给我惹麻烦？就在我不耐烦地瞪着他的侧脸的一瞬间，发现了很重要的一点。

9

他一清醒过来就忙着环顾四周，大概是发现自己正躺倒在路上，一脸窘迫地站了起来，然后缓缓地迈步离开。

躲在自动售货机后的我立刻跟在他身后。也不知道为什么，这回总是在尾随别人。之所以选择尾随这个男人而不是藤木一惠，是出于我自身对他的关心，而不是为了工作。

我认识这个男人。

这么说可能会让人误以为我跟这个男人是旧识，其实准确的说法是——我见过这个男人的照片。

要问在哪里见过，就是前不久在店里翻过的那本音乐杂志上。没错，他就是我的同事推荐的那位天才音乐制作人。他此时正揉着腰，摇摇晃晃地朝后街走去，半路上又掏出了手机。

太好了！我为自己的好运而庆幸，忙睁大眼睛、竖起耳朵。只要是以电波为传播媒介的声音，即使距离遥远，我们也能够清楚地听到。虽然从无数交错的电波中找出我们想要听的那一条非常麻烦，但也不是不可能。如果知道发信的地点和时间，捕捉起来就会相对容易。他把手机贴近耳朵，一路小跑到一幢商住楼，走到台阶上站定后，我捕捉到了他拨号的声音。

不一会儿，就听到一个女人“喂”了一声。

“是我。”我听到他不客气的声音。连自我介绍都省了，不知是因为双方的关系相当亲密，还是因为对方有来电显示。

“再等等。”他说。

“不顺利？我快等不了了。”

“都叫你别说这种话了。那的确是货真价实的，没错。我刚才听到了，那声音是真的。”他的声音里饱含热情，跟我在音乐杂志上通过文字感受到的一样。“但是，我没能对她说清楚。”

“真有货真价实的声音吗？”

“有。所谓唱歌的才能，说穿了就是声音的魅力。”

“就算声音再好听，搞不好五音不全哦。”

“我本来想叫她在卡拉 OK 里唱给我听，没想到被她误会了。”

“这样没关系吗？”

“跟你说了，要相信我的直觉。”

“那你为什么不先跟她把事情解释清楚？你这样还不是只会让人怀疑你动机不纯？”

“在知道我是个音乐制作人、想要挑选人才的时候，绝大部分人都会过度期待还有紧张，声音也变得假假的。”

“是你想多了吧？”看来这女子多半是他的业内老友之类的。

“她的声音真的很好。”

“你知道凯瑟琳·费丽尔吗？”女声问他。

“那是谁？”那男人出声问道。

“那是谁？”我脑子里也在问。

“一名歌剧演员。她一开始的工作是电话接线员，她的声音偶然被一个打电话来的人相中，最后成了一位伟大的歌手。虽然这可能是事后经过美化的逸事，但是跟你现在所做的其实很像，对吧？你也是偶然打了个电话，然后对接你这个电话的负责处理投诉事件的女声着了迷。”

“是啊。”

“你不觉得好傻吗？而且你还打了好几次投诉电话吧？”

“那也是为了确认嘛。那孩子的声音越听越好听。”

“那外表呢？”

“其貌不扬。”他毫不犹豫地回答完，自己就先笑出声来了，那笑声听上去很温暖。“放心吧。没能好好发挥自己才华的人常有这种情况，只要让他们发挥出才华，就能脱胎换骨，散发出无穷的魅力。世间的事就是这样。”

“那好吧。”那女人发出不知是否有所期待的声音，“我再等三天，你到时候联系我。”

电话断了。他把手机放回口袋，尽管拖着腿前进，却像个明确知道目的地的人那样，挺直了背拐入一条小路。屋檐没有了，他愉快地撑起了伞。

我没有再追上去，而是伫立在原地，思考着事件的来龙去脉。

那位音乐制作人是对负责处理投诉事件的电机公司员工藤木一惠的声音着了迷。看来起因是这个。而他之所以会在投诉电话里逼她唱歌——记得藤木一惠这么说过，难道也是因为这个？我嗤之以鼻：真是乱来。不过，他这种做法并不让人觉得不愉快。

那么——我望着天空继续思考。

她究竟会变成什么样呢？

她真的具有唱歌的才能吗？

那个制作人再怎么着迷于她的声音，也不表示她就具备唱歌的才能。不，假设她有才能，也不表示她就一定能成功，而这无疑是人类世界的常态。而且，她的人生最终会不会因此变得幸福起来，我无从判断。

我该怎么做？我问自己。如果我就这样交上“可”的报告，那么藤木一惠明天就会离开这个世界。虽然不知道为她准备的是一起怎样的事故，但死是一定的。

我对人类的死亡没有兴趣。我不过是因为工作才与人类有所牵扯，无论调查对象的人生将以一种怎样的形式结束，我都不会太在意。

只是，万一那位制作人的直觉是正确的，再万一她真的可以成为一名优秀的歌手呢？如果有一天，从 CD 店的试听机里听到她唱的歌曲，我一定会觉得非常愉悦吧，我想。

回过神，可能是雨越下越大的缘故，发现雨水落在地面上，如大珠小珠落玉盘般急切，仿佛正在催促我快点下结论。

我的脑海里浮现出藤木一惠的脸，“好吧！”我决定了。

我从口袋里拿出钱包，抠出一枚十元硬币，毫不犹豫地用手指弹到半空再用掌心接住。硬币静静地躺在被雨水淋湿的手掌上。

我想用正反面来决定。是“可”还是“放行”，她该在明天死去还是该活到寿命结束，无论哪个结果，对我来说都没有多大区别，用扔硬币来决定就足够了。

我看着硬币，是正面。咦？我侧着头，忘了刚才心里定的正面是“可”还是“放行”了。雨势更猛了，雨点敲打着我的心，我就这么决定了。听好，结论就是——“放行”。

死神与藤田

1

“你就是千叶？”出现在我面前的年轻人瞪着布满血丝的双眼，唾沫横飞，“你给我过来，大叔。”

连我都能感觉到这人的说话态度有多么无礼。这回的我，穿着色彩鲜艳的花毛衣，外罩一件棕色皮夹克，这个年轻人正拽着我毛衣的领口。细雨绵绵，我的脚正踩在雨水积聚的小水洼里，脚下发出嘶嘶的声音，仿佛地面正在舔舐我的鞋底。

刚才，我正漫步在闹市街延伸的小路上，这个年轻人突然从一旁的马路蹿出来。这条路上遍布小酒馆和卡拉 OK 店，到处都是俗艳的闪耀霓虹，但不知因为今天是工作日，还是阴雨连绵，或者是这里一贯不景气，才夜晚十点却几乎见不到行人。

“听说你知道栗木在哪儿？”年轻人挑染成棕色的头发已被淋湿，平贴在脑袋上，看来已经等我很久了。

我只能含糊其词，结果他啐了一口，说：“碰到我说明你气数已尽。”他的唾液混在溅起的雨滴里，落在了积水中。

“气数已尽？”

“按大叔你这个年纪，应该是说秋后算总账[1]吧。”

听到他一再叫我大叔，我才想起自己这回是一个品行不佳、四十多岁的中年男子。

“喂。”我对他刚才说的话产生了疑问。

“干什么？”

“年贡制度现在还有吗？”记得在相当遥远的过去曾经听说过这种制度，最近不太听到了。眼前的年轻人听后涨红了脸，好像遭到了羞辱一般：“你当我白痴啊！”

看来所谓“秋后算总账”只是个比喻。

接着，他侧过身，瞄准我的下巴，举起右拳挥来。我能够清楚地看清他拳头挥动的路线，加上这个年轻人动作并不迅猛，所以要避开对我来说简直易如反掌，但我并没有这么做。

他的拳头砸到了我脸上，虽然没有疼痛感，但我仍然装出一副很疼的样子。

一旁的车道上有车驶过，车头灯照出了一张雨帘雾幔。

“栗木在哪儿，快说！”年轻人摆出一副干架小霸王的架势。

“带我去见藤田，我就告诉你。”我回答。这是原本就设计好的桥段。

“喂，被我揍了还敢这么嚣张？”他乘机又给了我一拳。

“不见到藤田我是不会说的。”我平静地说。

年轻人开始环顾四周，也许是怕被敌人发现。

最后，我还是被迫坐上了这个年轻人开来的轿车，这正中我下怀，所以丝毫不慌张。倒是他显得焦躁不安，喘着粗气，喊我“快上车”，

---

①日语原文为“年貢の納め時”，原意为清算滞纳年贡的时间。

然后粗暴地把我塞进后座，慌里慌张地甩上车门。

等到黑色轿车发动，雨刷忙碌地摆动起来后，年轻人掏出了手机。他一只手抓着方向盘，另一只手拿着手机讲起了电话。大概是在跟藤田联系吧。我听见他在答应着："可以吗？哎，是。我这就把他带来。"

2

这次我的调查对象是一个姓藤田的中年男人，从事先得到的信息来看，似乎是个黑道分子。

很久以前，我曾问过上司："所谓黑道分子，指的是怎样一种人类？他们干的是怎样一种职业？"事实上，我们与被称为黑道分子的人类遭遇的机会相对比较多，这大概是由于与普通人相比，他们跟死亡关系更近吧。但是，我并不知道他们的本质，即"黑道的实质到底是什么"，所以才会开口问上司。可惜我得到的回答跟意料中的一样，上司只是冷淡地敷衍我说："你知不知道都能工作。"

的确如此，这并不会妨碍我的工作。

我的工作只是在这七天里观察藤田，听他说话，最后提交他是否应该死亡的报告而已。极端点说，就算我不去见他，我也可以提交报告。只要报告一个"可"，就不会有什么问题。我有好多同事都是不好好调查直接交报告的。

然而，我对工作一丝不苟。可以说是规矩吧，尽管也会有一些想法，但我会坚持去做应该做的事情。因此，即使需要多费周折，我仍然坚定地要去与藤田见面，事情就是这样。

3

我们抵达了一栋看上去有二十年以上历史的公寓，原本洁白的外墙早已是一片灰黑，像涂了一层煤。大概坐了十五分钟的车，所以距离市中心估计不是很远。

楼高八层，楼梯和走廊上积满了灰尘，紧急通道也是锈迹斑斑，连电梯内都散发着一股霉味。走廊上的荧光灯也像是老古董，忽明忽暗地闪个不停。这里作为藏身之处实在是再适合不过了，相信连街道上的居民都想要拼命隐瞒这种脏乱的建筑吧。

我在年轻人的带领下走进了一套两室一厅的房子，木地板看上去很干净，但房间整体却显得不够光亮。地上仅散乱地放着四张单人沙发，显得空荡荡的，我被塞到一张对着窗口的沙发上。

打量四周，在窗边的一个小架子上看见了一只鱼缸，两条橘色的金鱼正游来游去，那两抹明亮的橙色在这阴郁的房间里显得尤为突兀。透过地板，我甚至能感觉到厨房角落摆着的冰箱发出的轻微振动。

在我对面的沙发上，已经坐着一个男子。

我立刻知道他就是藤田。

他的外表和我事先获得的信息别无二致，更重要的是，他那可谓冷酷的表情也完全符合我的想象。听说他已经四十五岁，却鬓角乌黑，找不出一丝白发，显得很年轻，浓眉深锁，下巴没有赘肉，给人以敏锐而精悍的印象；肩宽个子高，又给人沉重的尖头箭镞的印象。

他开口道："你就是千叶？"

“没错。”我话音刚落，那个年轻人立刻走到我身边，用力扳住我的肩膀训斥道：“你给我说话客气点！”

“阿久津。”藤田叫住他，然后从沙发上站起身，缓缓走到我面前，“听说，你知道栗木在哪儿？”

“是的。”没必要装模作样，“我知道。”

栗木属于另一个组，据说他是那个组的首领，之前曾因杀人罪入狱，可以说是老黑帮。

“栗木在哪里，大叔?！”阿久津歇斯底里地喊道。和他形成鲜明对照的是，藤田说了句“告诉我”。可能是眼睛下方黑眼圈的关系，他的眼珠看起来就像树干上的两个洞。

“你知道我为什么找他吗？”藤田用那两个洞凝视着我说。

“这个嘛，”我回答，“我只知道你在找他，至于为什么我就不清楚了。”

这是真的，我们被派来工作前，虽然会被告知自己负责调查的对象——像这次来说就是藤田的信息，但那是一个粗略的指导方针，并不会有太详细的内容。因为情报部主张：情况每每要发生变化，人类的思维和想法也常变，因此不拘泥于细节、灵活应变才是正道。但我总是愤愤不平地认定他们说到底只是想偷懒而已。

“我要杀了栗木。”藤田轻描淡写地回答。

“是这样啊……”我并不怎么感到意外，所以也没流露出钦佩或惊叹的神色。

“你不问我为什么要杀他吗？”藤田看来对我的反应感到很新鲜。

“反正跟我没关系。”我回答。

“因为他杀了我大哥。”

“你大哥？”根据我所掌握的信息，藤田应该没有兄弟。

“是，我组里的大哥被栗木杀了。”

“哦。”原来是那种大哥。

片刻后，藤田皱起了眉头，一脸纳闷的样子。“千叶先生，你到底是什么人？看来不像是栗木那边的家伙啊。阿久津，你说呢？”

“我没见过他这张脸。”阿久津回答，看来他对栗木的手下了如指掌，并为此深感自豪。

我牵强地解释道：“我知道栗木在哪儿，而你正在找栗木，所以你有求于我，是吧？至于我是什么人，并不重要。”反正我又不是人类，我内心补充了一句，又反问：“不对吗？”

阿久津吼了句什么，藤田拦住了他：“阿久津，你给我去洗个澡，看到你湿漉漉的头，我都要感冒了。”说着伸手指向浴室。

阿久津不发一言，如同遵从打开的《圣经》上的教诲一般，恭恭敬敬地转身退下。

“就像你说的，你是什么人并不重要。是的，你说得没错。”

“是吧。”

“千叶先生，你很有趣。”

“我不有趣。”又被人说有趣！我明明是在拼命地认真工作，却被说成“很有趣”，这让我情何以堪。

“你被带到这里来，却一点都不害怕。”

“这样啊。”

“说不定你会在这里被我干掉，不是吗？就算能保住性命，也该担心会不会伤筋动骨吧。但你却一脸满不在乎的样子。你刚才进入这间屋子的时候甚至不忘仔仔细细地打量，胆怯的家伙可不会这么从容。

就连阿久津大呼小叫的时候，你也可以做到置若罔闻。”

没想到藤田竟然如此冷静地观察我的一举一动，我不由得小声“哦”了一声。

“藤田老大。”一旁的阿久津说。他脱得赤条条的，正往浴室走，背上文着深绿色的不知是蛇是龙的刺青。“这家伙只是嘴巴硬，刚才被我一拳就揍翻了。他只会说说而已！”他经过我身旁的时候拿手指指着我。

“你故意让阿久津揍的吧？”藤田把嘴凑近我说，“你可不像是会输给他的人。”

“那家伙就是个干架小霸王。”我耸了耸肩，装出一副脸颊被打得没法好好说话的样子。

藤田唇角微扬：“千叶先生，你到底想要什么？”

“我愿意告诉你栗木在哪儿，”我平静地接话，“作为交换条件，你让我在这里躲一阵怎么样？”这样也方便我调查。“这里好像挺安全的。”

“随你。”藤田立刻回答。与其说他是不假思索地随口应声，不如说他看起来自有考量。“千叶先生，你也恨栗木吗？”

“唔，差不多吧。”我自然地撒谎。

4

“栗木在路田町的一栋高层公寓里。”我把从情报部得来的消息原封不动地告诉藤田，他立刻拿出一本不知道从哪儿变出来的类似于电话簿的册子交给我，说：“那公寓在哪儿？”

这是一本详尽记载了每条街道上的建筑物名称、每一户人家户主姓名的地图册。我照着从情报部拿来的地址寻找那栋建筑，却不得不花了点时间才掌握使用方法。过了一会儿，我指着地图的某一点说：“就是这里。”

藤田一把抢过地图，盯着那个点问：“栗木就在这里？”

“五楼，五〇二室。”

藤田眼神坚毅，双唇狠狠地朝下抿起。“开车去蕗田町只要二十分钟。”或许意识到自己的声音过于兴奋，他轻轻咳嗽了一下，摸了摸下巴，然后看看左腕上的手表，眼神投向窗边的那个小架子。顺着他的目光，我发现在鱼缸旁边有一个黑漆漆的像是工具的东西，不，那不是工具，是手枪。

“你现在就要去？”

“你要阻止我？”他干笑一声，仿佛在嘲笑我不自量力。

“不，我不会阻止你。”这又不是我的工作。

电话铃声突然响起，沙发上的手机发出声响，开始闪光。藤田放下地图，不情愿地拿起手机。

我坐着没动，直勾勾地盯着他，把神经集中到耳朵上，动员意识去捕捉电波上搭载的声音。

“是藤田吗？”我听到打来电话的人这么说。声音很低，但比起藤田要尖不少。

“我是。”藤田口气恭敬，可以想象，打来电话的就算不是他的顶头上司，也是组里数一数二的领头人物。

“下星期会和栗木谈。”

“难道光靠谈话就想把事情了结吗？”藤田压抑着愤怒的情绪。

“你不用担心，好好休息。因为那家伙被杀而义愤填膺的，不止你一个。”

对方想劝解藤田，可藤田想必是平复不了情绪，回应说：“但追根究底，还是我不好。”声音里带着紧迫感。

“跟你没什么关系，就算没有你，我们迟早也会和栗木翻脸。”

“我要在这儿待多久？”

“栗木的目标是你，你先在那边待一段时间避避风头。我会跟他谈判。”

“这事情不能说说就完了。”藤田争辩道，“先动手的是栗木他们，而且，那明明是来找碴的！如果让他就这么混过去了，那就等于我们不讲道义。”

“别老提什么道义，烦人！”对方好像碰到了恶心的毒虫脊背一般。

“不讲道义还混什么黑道！”

“藤田，”对方的声音突然明显变得恶狠狠起来，“总之，不准你感情用事擅自对栗木下手。”

藤田老实应允，再三点头称是后挂断，接着吐出一口无限近似于叹息的气息。

“谁的电话？”我很不识趣地问他。

“老爷子的。”藤田咬牙切齿地回答。

据我所知，藤田的父亲早就因为重度肝炎而离开人世，这个想必指的也不是亲生父亲，而只是一个在“老爷子”职位上的人吧。

“千叶先生，栗木真的在那里？”藤田沉思了一会儿后，看着打开的地图问。

“是的。”

“是吗？”他站起来，转身背对着我走近窗前，伸手摸向架子上那把冰冷的手枪。

我说出心中的疑问：“刚才的电话不是叫你老实地待在这里吗？”

“你怎么知道……”藤田大吃一惊，但随即苦笑着说道，“如果我那么唯命是从，就不会混黑道了。”他那沉着的做派与神情，让我再次深感佩服。

这时，浴室的门开了，阿久津的身影出现在门口。像是焚了香的蒸汽弥漫开来，夹带着肥皂和洗发水的味道，混合着浴盐和香精的香气。

“藤田老大，”他正要用毛巾擦拭身体，注意到藤田的动作，连忙湿淋淋地冲到他身边，“你要带家伙去哪儿？”那慌乱的样子好像被父母抛弃的小孩，“难道你已经从这家伙嘴里问出栗木的所在，打算去找他？”

藤田没有对阿久津动怒，也不回答，只见他不发一言地拨开阿久津的手，往玄关走去。

阿久津丝毫不退让：“不是要你待在这里的吗？”

“你不应该是我这边的吗？”藤田冷冷地问。

“我当然是你这边的！你在说什么呀！我不就是因为担心老大你的安全，才一直留在这里吗？”

“那是因为组织的命令吧。”

“有这方面的原因，但是，如果我不想帮你，怎么可能特地把这个大叔带来。”

阿久津之所以把我拽来，是因为他听到有流言说，有一个叫千叶的男人知道栗木在哪里。

“那就不要阻止我，我要去杀了栗木。”

“请、请等一下！”阿久津张开双手拼命阻拦，“说不定，这个家伙是骗人的。没错，说不定是一个圈套！”

藤田闻言停下脚步，看着阿久津的脸，然后又瞥了我一眼。

“藤田老大，请你现在先不要去！”赤身裸体的阿久津拼命地阻止藤田，背后的刺青因为肌肉变形，仿佛在跃动起舞。“这样吧，明天我就跟这家伙先去那里打探打探，确认他到底有没有撒谎，然后再考虑接下去的行动。”

藤田被说服了，或者说，他被阿久津的热忱打动了，点头说“这样也好”。

阿久津很高兴，瞪着我威胁道：“喂，大叔，明天先带我去那里看看，如果你想耍我们，我可饶不了你！”

“阿久津。”藤田低声喝止。

“是！”

“快把衣服穿上。”

“遵命。”阿久津连蹦带跳地跑回了浴室。

藤田把枪放回鱼缸旁边，再度坐到沙发上。

“可以问你个问题吗？”为了顺利地完成工作，我问他，“对于死亡，你是怎么看的？”

我并不指望他给我一个特别的答案，我猜想他既然身为黑道，大概会逞强说“死没什么可怕”。

藤田像要把我看透似的上下打量着我，然后这么回答：“比起死亡，我更害怕失败。”

“唔。”我说着双手抱胸，这是一个我不能理解的回答。

“千叶先生，你真的很有趣。”因为藤田的这句话，我再一次地感到非常无奈。

5

第二天一早，我就被阿久津拽着塞进他的车，跟他去路田町。“快带我去那个公寓。”坐在驾驶座上的阿久津以威胁的口气对我说，“话说回来，这雨怎么还不停啊。”

天空依然乌云密布，丝毫不见放晴。缓缓摆动的雨刷兀自轻轻抚摩着挡风玻璃。真不好意思，都怪我。我坐在副驾驶座上，在心底偷偷道歉。但凡我因为工作而与人类接触的时候，天气总是恶劣的。或大雨倾盆，或疾风骤雨，也会阴雨绵绵、雷雨阵阵——雨势大小或许不尽相同，但总之，阳光明媚的日子我是从不曾见过。

瞄了一眼自动排挡旁的电子钟，我问他：“混黑道的都喜欢清晨七点行动吗？”

“关你屁事！”阿久津边回答，边打了两三个哈欠，眼角还沾着眼屎。

“那是因为一大清早别的黑道分子还没有出来溜达？”我推测的是，莫非现在这个时间段相对安全？

“知道就别啰唆！”阿久津怒道，“你自己不也是混黑道的吗？”

“我可不是混黑道的。我连什么是黑道都没搞明白呢。”

“少胡扯。”

我可没有胡扯，不过要对他解释会很麻烦，也就没再接腔。我直勾勾地盯着车上的音响，馋得要命："我可以听这个吗？"

"你想听？亏你还想要听音乐！你知道你现在是什么处境吗?！"

我不理他，找出播放键，然后用力按了下去。有CD放在里面，轻微的读盘声过后，音乐流泻而出。我背脊一震，原本绷紧的面部神经松缓了下来，我欢欣愉悦，感觉阵阵暖意在心底无限扩大。

"喂，你干吗一副娘娘腔的恶心样子?！"阿久津用余光扫了我一眼，惊讶地问。

"没，我只是因为很喜欢……"我老实地回答。

"你喜欢滚石？"

"滚石？不，我喜欢的是音乐。"

"音乐？要说是音乐，那范围也太广了吧。"

事实上，不论是什么风格的音乐，我都喜欢。确切地说，并不是我一个人，我的同事也都如此：对人类绝无同情或畏惧，却偏爱着他们创作出的音乐。只要时间允许，不，哪怕是挤时间，我们也会伫立在CD店的试听机前，尽情地欣赏音乐。

我们与被派遣来的调查部同事并不会刻意联系，我们根本不在意谁在何处调查着什么人。但几乎可以断言：想见同伴的时候，只要去能听音乐的地方就可以了，大体总能见到一个谁。

"告诉你，这首歌实在是太帅了！*Brown Sugar*。"阿久津指了指音响。

"褐色方糖？"我曾经在咖啡馆里见过那种方糖。

"是这首歌的歌名啦！你居然没听过？这歌可是藤田老大很喜欢的，怎么样，他的确很有品位吧？"阿久津称赞着藤田，就像在夸耀自己一样。

轿车在公路上蜿蜒爬行，最后在一个大的十字路口停了下来。不清楚前面发生了什么事，但估计还是因为那让人抓狂的堵车吧。

顺带提一句，我确信堵车是人类发明的最多余最丑恶的东西，是与音乐相反的另一个极端。这玩意儿居然至今都没被消灭，实在是不可思议。

阿久津拉起手刹，把脸转向我。他的鼻子圆圆的，使他整个容貌显得特别稚嫩。

“我有事想问你。”我开口。

“什么事啊，大叔？”他的口气依旧粗暴，但厌恶程度比昨天轻了些。

“藤田是个什么样的人？”

“你说什么？你又在耍我？”

“他跟我印象中的黑道分子不太一样。”

我的问题可能出乎他的意料，他一愣，神情转瞬间变得柔和了，但随即又板起了面孔：“那是自然。藤田老大可是人中之龙，他简直就是酷毙了！”他的语气里充满了刻意营造出的不羁。

排在前面的车熄灭了刹车灯，往前驶去，阿久津也跟着放下手刹，踩下油门。车慢慢地往前移动。

“是吗？藤田很与众不同啊？”我稍微有了那么点兴趣。

“你知道我第一次见到藤田老大时的情形吗？”

“我怎么可能会知道。”

“就跟你刚才听滚石的歌发呆的样子差不多，我也有种哐的一记打到头的感觉。我当时脑子里就在想：要死了，就是他了。”

“要死了？这不是身处绝境的时候才说的吗？”

“是绝境没错啊。就像你突然在街上听到摇滚乐，也会吓一跳吧？因为平时不太可能发生嘛。但是偏偏就让我碰到了，这还不是要死了吗？”

“你的表达方式真抽象。”都能用这种方式来相互沟通，不得不说人类实在是一种很奇妙的生物。

“藤田老大真的是很侠义。”他自豪地说。

车又停了，我们似乎碰到了严重的堵车，怎么都无法脱身，就好像一个人陷入泥沼后怎么挣扎都爬不出来一样。

“侠义？”我以前没怎么听说这个词，反问道。

“你不会连这个都不知道吧？”阿久津生起一阵优越感，嘲笑道，“查字典去，查字典。”

“到底是什么意思？”

“就是锄强扶弱的意思。”

“锄？”崴脚的话，我倒是知道。①

阿久津不知是为刚才的话害臊还是自豪，脸上涌起了红潮，继续说：“藤田老大总是说，黑道原本就是为此而存在的。弱者总是被国家以及法律剥削，只有那些可以无视法律的男子汉才能够拯救他们，也就是说，无法无天的人，对吧？虽然这样的形容只会给人以坏印象，但是却能够帮助弱小，这就是黑道。”

“这就是黑道的定义？”

“定义？”阿久津有点惊讶，歪着头继续说，“只有藤田老大是这样，他跟别的家伙完全不一样。”说着他扬起了下巴。

---

①在日语中，“崴脚”和“锄强”的动词一样，都是“くじく”。

“开始往前动了。”注意到前面的休旅车又开动起来，我告诉阿久津。他再次放下手刹。我看着他的侧脸，他的脸阴沉着，似乎有什么烦心事。

“那我再问个问题可以吗？”我决定问出我一直不解的问题。

他依旧若有所思地看向我。

“像藤田那样的人，会招自己人不待见吗？”

“什么意思？”阿久津否认的声音变弱了。

“与众不同的家伙容易遭人嫌，是吧？”我想起昨晚和藤田打电话的“老爷子”那充满嫌恶的声音。

哼！阿久津冷哼一声，踩下油门。

6

如我所料，轿车在公寓对面的马路上停下。这条路两边都是双车道，有中央隔离带隔离，我们把车停在马路对面，离公寓入口有段不算短的距离。

雨势小了，虽然天空依旧灰蒙蒙的一片，但透过车窗，还是可以看到车外的情况。

“是这里吗？”阿久津把手从方向盘上拿开，腔调很生硬，“栗木在这里？”

“是的。”实际上我也是第一次来这里，但根据我得到的信息，应该不会有错。就算万一出错了，也应该是向情报部而不是向我抱怨。

我探身，将脸凑近驾驶座，望向十层楼高的公寓。一看就很高级，那坚固的外墙与藤田藏身的屋子比起来简直是天壤之别。

阿久津正把脑门贴在车窗上打量着外面，当发现我的脸已经凑到他面前的时候，“啊”地发出几乎要被吓破胆的叫声，那表情看上去就像是一个受惊的少年，人跟着畏缩了：“我说大叔，不要把脸凑那么近啦！”

我一声不吭地抽身坐回自己的座位。

“你吓死我了。”他的脸部有些痉挛，我很想问他是不是感受到了死神靠近的寒气——正所谓伴随死亡的寒气。

“喂，是那些人吗？”我注意到几个从公寓里走出来的家伙，忙指着他们问。

阿久津像上了发条的人偶般猛地直起身，盯着窗外高声喊道：“那是栗木！”

我再次探过身去，雨水和来往的车辆多少阻碍了一些视野，但仍能看到对面马路上那群穿西装的男人。

那些人看上去就不是什么善类，打伞的样子倒是算得上端正。只有一个人没有自己打伞，而是走在一个年轻人的伞下。那是个身材中等的中年男子，烫着一头小鬈发。

阿久津不屑地说：“栗木这家伙还是那么嚣张。”

“怎么样，我没说谎吧？栗木的确是在这所公寓里。”

阿久津只是将后脑勺对着我，继续盯着窗外。

过了几分钟，只见一辆黑色的汽车开到他们面前，待栗木等人上车后，便渐渐消失在我们的右前方。

“他好像新雇了人。”阿久津靠在驾驶座上，自言自语似的说道。

“雇人？”

“刚才在栗木身边的人我没见过，一定是新雇来的。”

“保镖？”很早以前，我曾经负责调查过一个干这行的男人。

“大叔，你真的很老土！”阿久津皱着一张脸，“不过那肯定不是什么普通的新人。”

“为什么会雇他呢？”

“大概是为了防备藤田老大吧。”阿久津的声音很严肃，“应该是这样。栗木那家伙是个胆小鬼，估计现在吓得直哆嗦呢。还说什么要杀了藤田老大，我看是害怕被藤田老大先下手干掉吧。喂，大叔。”阿久津转头看着我，眼神认真而坚定。他的眼里和初见时一样布满血丝，却多了一份真挚。

“干什么？”

“你能帮我串下口供吗？”

“什么口供？”

“大叔，你就说你是在撒谎，好吗？如果藤田老大知道栗木真的在这里，他一定会冲过来的，一定会的。你说呢？这样就会很麻烦。所以我们就跟他说，栗木不在这所公寓里，你就跟我统一一下口径，好吗？”

阿久津的话让我觉得不可理喻：“那一开始别来找我不就好了？”

“没办法啊。因为藤田老大听到了你的事情，叫我带你过去，我没办法违抗命令啊，而且我也没想到你竟然真的知道栗木在哪里。”明明不冷，阿久津却抖着腿，他内心的焦躁通过震动从椅子传到了我的臀部。

“那你到底打算怎么做？想对藤田做什么？把他一直关在那所公寓里？”

“啰唆！这种事我怎么会知道！”阿久津像是癫痫发作似的叫喊着，“组织叫我监视藤田老大，藤田老大想杀了栗木，我该怎么做？我是想帮藤田老大的，但是我不想让他就这么去送死！”

“你认为藤田不应该死吗？”这个年轻人难道以为这世界上会有人能永生吗？

“难道不是吗?!”阿久津满腔热血，“要是藤田老大单枪匹马冲到栗木的地盘被杀掉了，就玩完了！”

“为什么？”

“因为藤田老大不能输。”阿久津咬牙切齿地说着，我深深感受到他心底的痛苦，“如果摇滚乐崩了，你也会难过的吧？”

“音乐会死？”这对我来说可是一个重大的问题。

“不会啦，是比喻。”

我拍拍胸口松了口气：“不过他也不见得就这么死去吧。”当然，人类注定最终要死亡的。但如果只看眼前，至少没有我的报告藤田就不会死。虽然自杀和病死是死神管辖之外的事情，但在我们调查期间不会发生。

“啰唆！反正，拜托你就这么说。”阿久津说着比出拜托的手势。这家伙看来相当不擅长求人。“帮我串供就好。”

7

回到藤田所在的屋子，阿久津谎称：“栗木好像已经从那公寓里搬走了。”他没有直接说我提供的信息是假的，也算是用他的方式对我示好。

藤田坐在沙发上，闷闷地回答了一句“是吗”，就没再说话，看不出是失落还是在为下一步行动做打算。

已经过了中午，细雨依旧淅淅沥沥，为原本就昏暗的公寓更增添了一层压抑的气氛。对我来说，雨点敲打地面的声音，却是数十年如一日，早已习以为常。

藤田首先瞥了一眼阿久津，然后望向我，用他那双有着黑眼圈的眼睛无言地却含有特殊意味地瞪着我。

吃完阿久津做的炒饭，藤田终于像是突然想到似的，对阿久津下令：“你去自助洗衣店把衣服洗了。”然后补充解释说，“天气看样子一时半会儿好不了，与其等它自然干，不如用烘干机来得快。”

“遵命。”阿久津愉快地回答，把需要清洗的衣物塞进纸袋，说句“我出发了”，便蹿出公寓，一如朝气蓬勃、讲礼貌的学生。

房间里只剩我与藤田。“其实……”我已经察觉到藤田是为了跟我说话才把阿久津支到自助洗衣店去的，所以当他缓缓地对我开口的时候，我一点都不感到意外。“其实，栗木的确是在那里吧？阿久津不是什么坏人，但是他撒不了谎。”他说着，双手抱胸，“看到他眼睛骨碌碌转个不停，我马上就知道他撒谎了。”

我耸耸肩，瞬间有点苦恼，不知如何回答合适。

“你不必担心阿久津，跟我坦白吧。跟你说的一样，栗木就在蕗田町的那所公寓里，是吧？”

“你无论如何都要杀了栗木？”

“本来这事情是因为我对他们组的小喽啰出手才引起的。我去做个了断不是理所当然的吗？”藤田声音洪亮，却并不让人感觉带有卑鄙的恫吓意味。

“小喽啰？你跟他们打架了？”

“他们把老人拖到巷子里抢钱，这是黑道中人应该干的吗?！”藤田嘴角周围的皱纹更深了，那皱纹就像伤痕一般。天花板上的荧光灯又像是给那些皱纹加深了阴影。

“然后你就忍不住揍了他们？”

“嗯，我揍了他们，还拧断了他们的骨头。”藤田的表情没有变化，但丝毫不见伸张了正义的满足感，“我是不够成熟，但是我不能原谅那些飞扬跋扈的臭小子。”

“所以栗木就发火了？”

“手下被揍，他面子上挂不住吧。不过，他本来就看我不顺眼，有的是找碴的借口。”藤田淡淡地说着，“总之，我必须去做个了断，我不能一直待在这破公寓里。千叶先生，你也这么想吧？”

“怎么说呢……”我因为他的求助而感到为难。

“其实，刚才老爷子给我消息说，他们下个星期会跟栗木谈判。双方都不带自己人，一对一地坐下谈判，想通过谈判来解决问题。”

“你是反对谈判的吧？”

“所以我要在谈判前抓住机会。”藤田的双眼一亮，不是因为兴奋，而是促使他下决心的那坚强的意志力在黑暗中闪烁，“栗木会单独出现在谈判地点，我就是要抓住时机动手。对方如果只有一个人，那我一个人也能干掉他。”他说着，把目光落到枪上。

“下星期哪天？”

“星期三，还有六天。”

“原来如此，是这么回事啊。”我险些拍膝叫绝。事情将会如何演变已经一清二楚。我们调查部被派到人间后，共有七天的调查时间。如果结论是“可”，那么调查对象翌日便会身亡。我的调查对象会在我来到人间后的第八天死亡。

而这次，我被派到人间的时间是昨天，周三。如果藤田会死亡，就是在第八天，也就是下一个周三。

而藤田如果确实打算在那天袭击栗木，那他很有可能当场迎接死亡。虽然这只是我的猜测，但可能性很大。

“你相信这消息？”我问他。

“什么意思？”他的眼睛眯了起来。

“栗木当天真的会不带手下独自赴约吗？不，或者应该说，你的老爷子真的会在那天跟栗木见面？”

“什么意思？”他重复着相同的问题，但是看得出来，他应该已经明白我在说什么了。

没必要故弄玄虚，所以我毫不犹豫地就说：“难道你就不可能被出卖？”

如果是这样，就很容易明白了。藤田的组和栗木做了交易——多半是因为金钱吧。人类对金钱有着令人不可思议的执念。明明有着比金钱贵重无数倍的音乐，他们却偏偏肯为了金钱几乎可以做任何事。

所以藤田被出卖了，极有可能。牺牲的羔羊——我脑中浮现出这么一个词，然后开始想象下周三可能发生的情形：藤田为了杀栗木而冲到路上，结果事先埋伏好的栗木手下像沸腾的水蒸气般突然冒出，齐刷刷举枪对着他，紧接着毫无征兆地集体开火，于是藤田倒在地上，西装被鲜血染红，逐渐失去原本的颜色——这应该就是写好的剧本吧。

藤田怒目圆睁，几乎想要把我生吞活剥：“你是想说老爷子会把我卖掉？”但他并没有朝我扑上来。

“有这个可能。”我们只有在第八天见证调查对象死亡时才能知道他们的死因，但是这并不妨碍我们做出预测。

“千叶先生，你是认真的吗？”

“工作当然要认真啊。”

“工作？”

藤田的反问让我一时失措，我赶紧扔了一个别的问题过去，尽管我对此不感兴趣，也不是非问不可，但为了掩饰一时失言，我还是问了：“如果真是那样，如果那真的是个圈套，你打算怎么做？会放弃刺杀栗木的念头吗？”

“不。”藤田这时突然松脱了集中到面部上的劲道，适才的坚定与执着如烟雾般消逝，“我还是会去杀他。”他的声音很平静，“我怎么能输给那种违背道义的人。”

我很想告诉他：“真可惜，你输的概率相当高。”我问他：“如果你死了呢？”

“那也比落荒而逃好。这是我的心声。”藤田的表情没有一丝虚假。只要没什么特别的事情发生，我就打算给出“可”的结论了，所以我在心里回应他说：“是你的心声啊，那就好。”

8

接下去的几天过得风平浪静。虽然按常理，既然已经有了结论，就应该快点把报告交上去以完成工作，但如果这么做，我就会损失好几天听音乐的机会，所以我坚持在公寓里赖到最后一天，其间监察部自然也曾来询问工作进展如何，而我也跟往常一样暧昧地回答他们“正在调查”。所幸的是，阿久津带了一部小型收录机过来，所以在公寓里也能听到音乐。

而藤田就像把栗木的事情抛到了九霄云外，每天过着平凡的日子：表扬阿久津做的饭菜，偶尔睡睡午觉，偶尔锻炼锻炼肌肉，偶尔还同我一起欣赏音乐。

“混黑道的一般不会听这种东西，说是跟我们的传统文化不符。”藤田坐在沙发上，朝我挤了一眼，“但是，酷的东西就是酷，对吧？”他指着收录机说，“这首歌是滚石乐队的 *Rocks Off*。”听起来像是一首歌名。“看见已经六十多岁的米克·贾格尔仍然在唱摇滚，就不由得热血沸腾。如果能像他那样做个有着一股子傻劲却又很酷的成年人，感觉还真不赖。”

“是这样啊。”虽然我并不是很能理解他的话，但礼貌性的附和总是要的。重要的是，我现在听到的歌曲在酣畅中带着强烈的跃动，让人通体舒爽，听着这样的音乐，我感到很幸福。

“喂，大叔，藤田老大的味道特别吧？”阿久津插嘴道。

我差点要问他“什么叫味道特别，难道你吃过他的肉”，但很快断定这一定也是一种修辞手法。

变故发生在周一，也就是第六天。

夜晚十一点，窗帘紧闭的窗外，雨点依旧在敲打着路面。这时的雨势似乎比白天更猛烈了，仿佛要趁着黑夜冲洗掉整个街区的秽物一般。

藤田正在浴室里洗澡，我和阿久津躺在沙发上。阿久津对我的戒备已经从“不知底细的敌人”放松到了“不知底细的同居者”。也许是我自己的心理作用吧，他称呼我“大叔”的时候，语气也多了些许亲昵。

这时，阿久津的手机响了。那是毫无感情、不成调的电子音。阿久津拿起电话跑到窗边。

我不是非常感兴趣，但仍然将注意力集中到这通电话上，捕捉他们的谈话内容。

“喂，阿久津。”不讲究的声音。这声音同前几天听到的老爷子的不同，更粗暴，更具攻击性。“你到底有没有好好监视他？”

“有。”阿久津的声音没什么力气。

“就是后天，知道吗？把藤田带来，一旦失败，你知道会有什么下场。”

“是。”

“你要是这种时候都发挥不了作用，也就不用再混了。”

“但是，藤田老大他……”

“不要总是藤田老大、藤田老大地挂在嘴上，藤田已经过时了。现在已经不是讲什么诚信、侠义的年代了，如今的主流是谈判、谈判！”

是吗，原来如今已是谈判的时代了，我感觉又学到了一点新知识。

“你要是继续待在那条船上，小心连自己也一起沉下去。总之，就是后天，不许失败。这边也已经跟栗木谈妥了。听明白没，阿久津！”

挂了电话，阿久津咂了下嘴，坐回到沙发上。他表情很痛苦，仿佛背负着一块看不见的巨石。

“怎么了？”我假装不了解情况，开口问他。

“在想一些事情……”连我都能猜到，阿久津其实早就知道藤田被同伴设计的事，而他之所以会在这公寓里，无疑是奉命前来监视藤田的。

“大叔，假设……”阿久津开口说道，他的视线飘忽不定，声音中也带着平日少见的依赖，像是有求于我，“假设，藤田老大要是被一大群敌人包围的话……”

“被栗木的人？”

“不管是谁，反正就是大批敌人。”阿久津强调着，好像在为我的脑袋转不过弯来而发火，“你觉得，藤田老大能对付一大群敌人吗？你觉得他会赢吗？”

“你在担心什么？”

“我不想他输。”阿久津把目光投向天花板，眼神的焦点却并不像是落在壁纸的花纹上。“我说他不会输。”这句重复的话虽然是断定语气，声音却听得出有些颤抖。

我可以回答他说“可惜，如果藤田被大批黑道分子包围，那一定只有死路一条”，但我特意把话放在了肚子里。我不认为阿久津会相信我所说的话，也不觉得有必要告诉他。

当天深夜，我和上司取得了联系。

“怎么样？”对方问我。

我爽快地回答：“‘可’吧。”

“我知道了。”他这也是一贯的回答。我们的报告基本上都是“可”，所以一切都只是形式而已。

早晨来临后，我就向藤田打声招呼走人吧。我这么想着，伴随着收录机里传来的萨克斯乐曲摇摆起身体。

然而后来，阿久津把还在睡梦中的我强行叫了起来。当然我是不需要睡眠的，所谓睡觉也不过就是躺着装装样子而已。但当阿久津拿一张充满愤怒与紧张的面孔对着我、摇晃着我的身体、要我“安静，别说话，先出去”的时候，我还是稍许吃了一惊。阿久津也不多解释，一把抓住我的胳膊，就把我拽出了屋子，乘上电梯，出了公寓。

然后，他把我像塞行李一样塞进了副驾驶座，他自己则以一种悲壮得让人发笑的神情坐到了驾驶座上。他双手紧握方向盘，摆出一副逼自己下定决心的样子，说道：“出发！”

车轮摩擦着地面向前进。头灯照亮了倾盆而下的雨。我问他“要去哪儿”，同时瞄了一眼时钟：凌晨一点，也就是我进行调查的最后一天。虽说报告已经交上去了，没必要慌张，可也没心思和阿久津一起驾车兜风。

阿久津的声音却相当亢奋，他说：“去栗木那儿！”

“栗木那儿？”

“去做了他。”阿久津的声音沙哑了。我看得出，其实他的心里正被恐惧笼罩。

“去做了他？”

“听好，”阿久津说话的气势如决堤的洪水般一发而不可收，“你听好，大叔，藤田老大处境不妙。我只告诉你一个人，这一切都是圈套，都是事先设计好的。”

我虽然早就察觉到了这一切，可还是一语不发听他说。

“但是，我忍不住了，我不允许他们这么做。藤田老大是不能输给那些毫无原则的家伙的，你说对吧？”

“你说的毫无原则的家伙也包括你吗？”

我的反问让阿久津一愣，在一瞬间松开了油门，过了一会儿，他咬着牙承认：“是的，我也是。我是个白痴。我胆小怕事，只会盲目听从组织的命令。我实在是差劲，太差劲了！但现在还来得及！现在醒悟还来得及！你说呢？”

“你到底要做什么？”

“我们现在就去杀了栗木。只要赶在藤田老大前面杀掉栗木，那藤田老大就不会被牵连了，是吧？”

为什么人类说什么话总希望得到他人的同意呢？

“只要我们抢先杀掉栗木就可以解决问题了。”这一定是阿久津绞尽脑汁后的选择，但这种被热血冲昏头的计划怎么看都不是明智之举。我坐在副驾驶座上系好安全带，眉头拧在了一起：“说什么我们、我们的，为什么把我也算进去啊？”这一点我首先就不同意。

9

阿久津毫不犹豫地径直驾车到了蕗田町，停在了那栋高级公寓前，与上次一样，他依旧把车停在宽车道上。透过车窗，能看见深褐色的建筑物屹立在右手边的马路上，漆黑的雨夜更是为它平添了一分不安稳的色彩。

我看看阿久津，只见他沉默地握紧了方向盘，手上血管暴突。很显然，他是在同袭上心头的恐惧做斗争。我猜，他的牙很快要咯咯打战了。

“大叔，这个，拿好。”他从副驾驶座前的仪表盘里找出两把黑乎乎的手枪，一把递给我，一把自己握在手上，“事到如今，我们只有一鼓作气杀进去了。”

我不慌不忙地观察着手中的枪，和以前一样，在我眼里只是个粗制滥造的破玩意儿。

那就上吧。我的手刚碰到车门，耳朵里却传来阿久津惊慌的尖叫声：“啊！”只见他两眼笔直地望着挡风玻璃，张口结舌，呆若木鸡。

我顺着他的视线看过去，顿时恍然大悟：“原来如此。”

借着没有熄灭的车头灯，我看见几个男人走过来的身影。大约有五个，身披花哨的西装，表情狰狞。他们没有打伞，在雨中大步朝我们逼近。他们的双手低调地垂在身侧，但很明显，每个人的手里都握着枪。

“这是……”阿久津大张着嘴，想必脑中一片空白，因为他既没有飞身出车对着他们一通扫射，也没有自暴自弃地踩下油门夺路而逃。他只是呆若木鸡。

不一会儿，我就听到身边响起了粗重的脚步声。那些男人拿着大石头和金属对准车窗就是一阵猛砸，终于，阿久津不堪忍受，打开了车门。

凶神恶煞的男人们很快就把我和阿久津拖出车外，只听他们七嘴八舌地叫嚷着：“你们上次也来过这里吧。”“开这么好的车，一定不是什么好东西。快说，你们是哪儿的？”“啊，你不是藤田那家伙的小弟吗？来得正好，快把他带走！”“快带他走。”他们你一言我一语，此起彼伏，吵闹不堪。而我们就这么被拽着横穿过双车道的马路，进了那所公寓。

10

我第一次尝到了被人类抓住并被绑在椅子上的滋味。

在一间貌似会客室的宽敞房间里，我被他们用胶带一圈圈地捆绑在木椅子上，在我的身旁，坐着同样造型的阿久津。

夜应该已经很深了，明晃晃的荧光灯却照得室内很明亮。

墙上挂着一幅用毛笔书写的汉字书法挂轴。墙壁也好，桌椅也罢，都凸显着木材的天然之美，整间房子洋溢着传统的风趣。就在这别致静谧的氛围中，却偏偏杵着好几个黑道分子。

阿久津口中流着血，耷拉着脑袋，鼻青眼肿，呼吸急促。

“喂，我们让你把藤田叫来。”光头男站在阿久津面前，把玩着一把手杖似的东西。之前他用那玩意儿揍了阿久津好多次，连我也挨了二十二下。但阿久津狠狠地回瞪了他一眼，好像在说：“休想让我告诉你们！”

“老爷子，怎么办？”光头男回头问道。那里摆放着一张柔软的黑色沙发，一个肥硕的中年男人正在吞云吐雾。

那正是栗木。和几天前在路上看到的一样，他还是一副威风凛凛的样子。他鼻子硕大，眼睛细长，和藤田完全不是同类，我不由感慨：黑道中人也是各不相同的嘛。

“问问旁边的那个家伙。”栗木夹着香烟的右手朝我指来。

“这家伙刚才也被痛打了一顿，却连哼都不哼一声。”

没错，我是连哼都不哼一声。虽然我被抽耳光、被棍子打，甚至被沙包砸，但这一切既不会让我有半丝痛楚，也不会让我害怕，甚至连让我发表感想的价值都没有。虽然我也装模作样地呻吟了几声，但恐怕演技并不怎么逼真。

“那拔了他的指甲吧！”身后一个残忍的年轻人这么提议。我暗自抱歉：“真不好意思，就算拔了指甲也是一样。”

“大叔，不要说。”阿久津努力地挤出几个字。我知道，那是对我的哀求与忠告，也许甚至还包含着对我的几分信赖。但我没有动容，只是环顾四周，考虑着该如何找时机抽身。我打算适当地见识一番之后就回去。报告已经交上去了，现在我做的事近似于售后服务、不给补贴的加班。我一直坚持做好分内事，分外的事情不去管它。

我扫视着房间内的每一个人，每一个看上去都粗鲁浅薄、毫无内涵，让人完全提不起兴趣。只是——我的目光停在了门旁。在那扇豪华的木门旁，站着一个高头大耳的男子，他双臂抱胸，盯着我，眼里充满笑意，像是在看一场好戏。

我立刻回过神来，小声嘀咕了句：“原来如此。”

“你在说什么！”手持棍子的光头男气势汹汹地冲到我面前，高声喝问道，太阳穴上的伤疤此刻尤显狰狞。

“我来告诉你藤田的电话号码。”我说。话音刚落，就见阿久津瞪大眼睛看着我，身体拼命挣扎着，几乎要连人带椅地撞过来。他冲我大声吼道：“大叔！你在想什么！你要背叛我们吗？！”他喊声不断，我不禁感到佩服，没想到他居然还剩这么多体力。

我把暗记在心的电话号码告诉了他们，几乎与此同时，阿久津发出了小孩抽泣般的呻吟声。或许是觉得这一切很可笑，我听见有人在不远处偷偷地笑了。

光头男回头朝栗木点了点头，然后马上伸手拎起桌上的电话开始拨号，一面威胁说："要是假的我就杀了你。"

"大叔，你居然背叛我们！"阿久津气得要喷血了。

"藤田会来救你的。"我说。身为一个讲侠义的男人，他不可能不来。

"你！"阿久津咬牙切齿，五官都拧成了一团，"他们就是要他来！你想让他们杀了藤田老大吗?！"

我不得不放低声音问他："喂，你觉得藤田会输吗？"

"什么？"阿久津睁大了眼睛。

"你不相信藤田？"他不是一直都在对我絮絮叨叨地倾诉着对藤田的崇拜之情吗?

藤田不会死。

我确切地知道这一点，因为藤田的死期是明天。这话是专门调查藤田是否该死的我说的，所以有着绝对权威。在调查期间，对象不会死，而且这期间连致死事件都不会发生。不管藤田明天横穿马路时碰巧被闯红灯的轻型卡车撞死，还是因为救溺水的年轻人而跳到河里淹死，至少今天，他不会死在这里。

"我也想相信他啊。"阿久津万念俱灰似的小声说道，"但这么多人，藤田老大一定会很惨的。"

这时候，放下听筒的光头男子嚷嚷着："藤田那家伙好像马上就要冲过来了，好像是一个人来。"

"真是个蠢货。"我看见栗木苦笑着说，他狠狠地将烟蒂捻熄在烟灰缸里，"他那种叫迂腐，现在早不流行了。"他大声说完，众人立刻发出附和的笑声。

我又一次看向那个站在门边、有一双招风耳的男人，他跟其他黑道分子不同，脸上没有丝毫兴奋的神色，甚至还是挂着一抹冷笑倚靠在墙边。仔细观察他那没有感情的眼眸，就能发现他其实是在刻意保持距离。这也不足为奇。因为他是我的同事，调查部的一员。我听说他比我早一天被派到人间，但并不清楚他负责调查的对象是谁。

前几天，阿久津曾经说过栗木手下多了个以前没见过的人，大概是新雇来的护卫，应该就是在说我的这个同事吧。换言之，他负责调查的，正是栗木。

我同事的调查工作比我早开始一天，这就表示，栗木将会命丧今日，而我的同事之所以此时此刻出现在这里，想必也是为了见证死亡。

“栗木今天丧命，而藤田是明天。”我这么明确地说了，可阿久津似乎并没有听到。我说完就靠到了椅背上。

“我说，藤田老大真、真的会赢吗？”阿久津带着怯意小声问我，他鼻子下方的血已经凝固了。

“很快就知道了。”我没心没肺地回答。

老实说，我对藤田的输赢没有兴趣，我工作的结果不会因此发生改变，上头对我工作的评价也不会因此而提高。只不过我的想法稍微有一些改变：反正已经被卷到这种场面里来了，那就把这场戏看到底吧。

“藤田老大是不会输的。”手臂被绑住的阿久津在我身边握紧了拳头。他已经不会再来征求我的同意了。而我，只是在一边默默地听着他上百遍地喃喃重复着“要锄强扶弱”。

暴风雪中的死神

1

第一次看见这么大的雪。我透过窗眺望着外面的景色，别墅周围一片白茫茫，白桦林也被白雪覆盖住，看不出树的轮廓了。

雪丝毫没有要停的样子，雪花如羽毛、似棉絮，静悄悄地纷纷飘落。时间已过清晨六点，还无法确定太阳的位置。

“这天完全没放晴呢，快把窗帘拉上，看了就心烦。”在我身后说话的是一个三十多岁的男子，名叫英一。他戴着一副银边眼镜，身材肥胖，像肚子里装了一只啤酒桶。不知道他是做什么的，总之看上去就是那种再典型不过的人类——懒散又不负责任。

“是啊。”我以文质彬彬的口吻应着，拉上了窗帘。这次的我是一个“举止有礼的好青年”。

我们现在所在的位置，是在别墅进门后右手边靠里的一个宽敞的地方。连我在内，一共有五个留宿的客人正在休息室的沙发上面对面地坐着。

“这究竟是怎么一回事？”在我正对面说话的女子名叫真由子，约莫二十六七岁，身材纤细，皮肤白皙，略带茶色的长发尤为醒目。

“田村夫人的情况怎么样？”身穿白衣的厨师向我询问，他的声音有些颤抖。或许是因为下垂的刘海和那张娃娃脸，他看上去不像有四十岁。

“刚才我去看她的时候已经睡着了。”我回答。田村聪江正在二楼的卧室里打着鼾。不过我并不清楚，她算是昏死过去，还是昏死过去后醒过来又睡着了。

“你好像是叫千叶吧？”英一用食指扶了下眼镜，开始找我的碴。

“是的。”

“这一切都得怪你。”他噘着嘴，看我的眼神犹如看着不祥的符咒。

“怪我？”我继续我的好青年扮相，示弱地应道。

“我们几个都是之前就预定好要在这幢别墅留宿的，还有邀请函呢。但是，”他下巴上下垂的肉伴随着他的说话声不停抖动着，“你不是这样的吧？”

我叹了一口气，努力装出一副非常抱歉的神情，撒谎道：“雪实在太大了，我只能在这里避难啊……”我来这幢别墅才不是要避难，而是为了工作。

“都是因为你来了，才会发生这种事情。事情都被你搞砸了！”英一喋喋不休地抱怨着。我不明白他所说的“搞砸了”是什么意思，但并没有提出反问，而是继续摆着“怎么会这样”的困惑表情装可怜。

“英一，你这就是在挑刺了。”在他身边的男子责备道。这个额头与眉间布满皱纹的男人姓权藤，是英一的父亲，似乎刚刚退休。

但是英一并不罢休，继续责问我：“莫非是你杀了那个大叔?！”他边说边用大拇指指向他身后的“那个大叔”。他指的是倒在厨房入口附近的田村干夫，一具脸朝下、口吐白沫的尸体。

“没有证据就不要信口雌黄，英一！”权藤厉声说道。

真由子细弱的声音轻轻响起：“可是千叶先生一点都不害怕呢。”她有一张优雅的面孔。“像我现在可是怕得要命……”

“这不是很正常吗？”话都到喉咙口了。我可是死神啊，和人类的死亡有着最密切的联系。这么说吧，就算我看到尸体，最多也就无聊地说一句“又死了吗”而已。

2

这次对我下达的指示比平时更为冷淡。昨天下午，大雪下个不停，我被扔到白桦林里，情报部的家伙只是对我说：“笔直走十分钟左右就可以看到一幢别墅，你去那里借口躲避暴风雪住下。”

“田村聪江在那幢别墅里？”我确认道。

情报部的家伙则回答：“没错，他们夫妻俩应该都来了。”

“那幢别墅是田村聪江平时的住所？”

“不，田村聪江的丈夫在东京开私人诊所，这次只是来旅行而已。”

“旅行？那别墅是旅馆？”

“最早的主人据说是十九世纪的一个俄罗斯人，他离开这个国家后，别墅就由别人来管理了。那是一幢两层建筑，看上去挺肃穆的，或者说很有风格吧。据说现在开放给普通人有偿使用，其实差不多就是小旅馆啦。”

“他们是夫妻俩甜蜜旅行吗？”

“不，不是。应该还有几个人一起来。”情报部的家伙飞快地说着，一看就知道他想快点跑路，“除了田村夫妇以外还有三个人会来留宿，算上雇来的厨师就是四个人。”

“你早说啊！”我火了。

他不理会我，继续说：“他们是有邀请函的，好像是收到了中奖的明信片，上面写着‘豪华别墅三日两夜游’，才聚集到这里来的。”

“中奖的明信片？”我凭直觉事有蹊跷，也把这感想直接说了出来，“这也太可疑了吧？”

“是很可疑啊。”情报部的家伙认为理所当然似的点头附和道，“肯定有什么人心怀不轨，把人叫到这种深山老林里的别墅，想干点什么事出来。”

“什么人是指谁？他有什么目的？”

“谁知道。”他发出滑稽的声音。

“问你件事可以吗？”

他以耸肩代替肯定的回答。

“为什么就只告诉我这些信息？”如果我不积极地询问，他肯定什么都不告诉我。虽然说情报部的工作是列出死亡人选，然后收集相关信息，而我们调查部的工作则是据此进行调查确认，但这也太冷淡了吧！恼火过后，我转而觉得诡异了。

他反倒大模大样地反问道：“难道没有详细信息会对你的工作产生障碍？”

“不会。”我立刻回答。

“所以喽。你们调查部只要做好分配的工作就行了。反正你们也掌握不了事件的全貌，就算拿到信息也用不到。总之你快去吧，雪越积越深，会很难走的哦。”

虽然那句“反正你们也……”的断言让我有些不爽，但争论起来太麻烦，所以迈步就走，却听他在背后直嚷嚷：“啊，对了对了——”

“怎么了？”

“顺带提一句，那别墅里应该会死好几个。”

我转过身，挑了挑眉：“什么意思？”

“那别墅的住客里有几个人的调查报告结果已经是‘可’了。”

“除了田村聪江以外？”

“当然。大家调查的速度很快，报告很快都交了上来，所以这次就碰到一起发生了。”

“那么急着报告做什么？”与其说我在发泄对同事的不满，不如说我是真的有这个疑问。我实在无法理解这种不好好调查就把“可”的报告交上去的心态。

“谁知道呢。只要调查部交报告上来，早晚都不是问题。”他说，“总之那别墅里除了田村聪江以外，还有几个人会死。要说哪个最早嘛……”他流露出搜索记忆的表情，说，“应该是田村干夫吧。”

“田村聪江的丈夫？”

“是的，田村干夫明天就会死。”

“别人明天也会死吗？”

“在大雪封门的别墅里，人一个接一个地死去，这事你不多少觉得有些戏剧性吗？”

“还好吧。”我不关心这些，淡淡地回答道。反正我们也掌握不了事件的全貌，有了信息也用不到。雪埋住脚了，我抬起脚，再往前迈步。脚陷入雪中的声音交错着，听上去颇像有节奏感的音乐，令我心情愉快。

最后，我是在那天下午三点多才到达了别墅。全体住宿的客人正围坐在大堂的暖炉边，他们对于我这个浑身积雪的不速之客自然深感怀疑。我感觉到他们把我看作是个大麻烦，甚至千方百计想要把我赶走，所以我努力表现出疲惫不堪的样子，怯弱地表示一旦被赶到外面，我将因世态炎凉而死，而不是暴风雪，最后终于让他们同意我借宿。

吃晚饭的时候，我问他们："大家旅行的目的是什么呢？"

田村干夫便俨然一副代表全体成员的样子解释道："不，我们都是偶然被旅行社抽中才来的。"

"抽中？"

"抽中的是信州别墅的双人房。我还是第一次中这种奖，就带着老婆一起来了。"可能是因为医生平日经常接触病人的缘故吧，他似乎很习惯于向人解释事情的起因。在他身边的田村聪江白发苍苍，垂着头。

借此，大家依次做了自我介绍。

刚步入老年的权藤首先低声说道："我姓权藤，和年纪这么大的儿子一起出来旅行还挺奇怪的，不过偶尔为之也不错，父子旅行，呵呵。"说着硬是挤出一丝笑容来。

"就因为你干这种怪事，起暴风雪了吧！"英一侧过头去抱怨道。他双颊一鼓，两团肉就挤到下巴来了。

"我现在在东京差不多算是个小演员。"真由子低着头，有点害羞地说着，"最近经常会中这种旅行奖，不过总是没能去成。这次因为觉得这边的深山很有意思，所以就来看看。我的男朋友本来说好晚点也会来的，现在还没到……"她说着担心地看着柱子上的钟。

"雪这么大，估计够呛啊。"正在摆盘子的厨师说。他是有口无心，声音听上去很有礼貌，却不带任何感情。

“要是你那个男朋友来不了，你看我这个笨蛋儿子怎么样？你就陪他睡吧，他才三十五岁，还单身哦。”权藤说完这番既可理解为下流玩笑，又可理解为可怜天下父母心的话，咧开嘴露出了牙齿。

真由子的眉毛在一瞬间拧了起来，然后露出尴尬的笑容，低声道：“那怎么行。”我想她说不定此时正在心里大骂他神经病呢。

“你也介绍下自己吧。”田村催促娃娃脸厨师道。厨师被这突如其来的点名吓了一跳，手上装沙拉的盘子差点拿不稳。只听他语调轻快活泼地回答道：“我上个月前还在东京一家旅馆做大厨，如今辞职后靠朋友介绍专门上门做主厨。今天也是突然接到电话要我过来的，所以我跟大家一样，也是第一次来这幢别墅。”然后他告诉我们，这里备有大量食材。“所以就算因为暴风雪被困在这里，也不用担心会饿死哦。”他微笑着说道。

“或许明天雪就会停了吧。”真由子轻声说。于是田村干夫提议：“如果那样的话我们去瞭望台吧？这附近的山里好像有一个呢。”

“瞭望台啊……”真由子看来不是很有兴趣。

“好像挺有趣呢。”权藤嘴上这么回答，却表现得毫无兴趣。

“那大家一起去吧！”娃娃脸厨师话音刚落，英一也跟着点头，于是突然就变成了大家无论如何都必须去瞭望台，令人不免觉得好笑。

“不过可别小看这暴风雪，说不定还要下很久呢。”英一嘟囔了一句。

“甜的？[①] 暴风雪也有味道吗？”我脱口问道。

---

①在日语中，“甜的”与“小看”为同一词，均作“甘い”。

“你……”英一被我的问题惊呆了，一时说不出话来。

田村站起身对娃娃脸厨师说：“大厨，你一个人上菜很费时吧，我们夫妻来帮你端盘子。”

“是啊，我们坐得离厨房最近。”田村夫人连忙也站起身来。

他们夫妻死期将至，据情报部的家伙所言，田村干夫将在第二天死亡，他的夫人应该也会因为我的报告而在一周后死亡。剩下的时间很珍贵啊，不要浪费在准备饭菜这种事情上——我很想这么对他们说，不过自然说不出口。

这就是昨天，即第一天晚上发生的事情。

3

然后就是今天，第二天。我们聚集在休息室里，远远地看着田村干夫的尸体。真由子小声地问：“警察怎么说？有人报警了吗？”

“电话不通。”回答的是权藤。在这些人当中，除了我以外，最冷静的就是他了。虽然他的脸有点扭曲，不过也可以认为是他原本就有的皱纹造成的。“电话线大概被暴风雪给刮断了吧，手机在这里也没信号。”

“没想到日本还有手机没信号的地方！”真由子像是认为没有什么比这更恐怖的了，发出了绝望的声音。

“我说，”英一放下二郎腿，支起上半身问，“那大叔真是中毒死的吗？”

“中毒？”真由子的眼睛瞪圆了，“是中毒吗？”

“应该是中毒吧。”权藤点点头，神色凝重，“没有伤口，头颈也没有被勒的痕迹。呕吐和抓胸口的样子，都很像中毒身亡。”

“或许是心脏病发作吧。”英一说。

“也不能说没这个可能，不过看尸体更像是中毒身亡。”

这番断言里透着基于多年经验的自信，令我心生敬佩。

“士的宁！”真由子冷不丁嘟囔了一句，看样子她是忍不住脱口而出。

“那是什么？”我忙问她。她一惊，有些害羞似的解释说：“啊，没什么，这是外国推理小说里经常提到的一种毒药名称。我经常看这类小说，所以不由自主就想到了……这应该是虚构的毒药吧？”

“不知道。”我轻描淡写地带过。

“我老爸以前是警察。”英一像是站在远处指着某样讨厌的东西似的，看了看权藤说，“他一直兢兢业业工作到退休，是个刑警，所以这种场面，他比我们这些人要来得习惯。”

真由子的眼中一瞬间掠过安心与感动，大概因为有一个老刑警在场增强了她的安全感，但同时仍不免感到恐惧：“如果是服毒的话，应该是自杀吧？”

“不清楚。”权藤双臂抱胸，用力抿起嘴唇。

“假设田村先生不是自杀的，那就说明有个人会是凶手，是吧？”真由子口齿伶俐地说着，“在被暴风雪封锁的地方发生杀人案件，这不就变成推理小说里的场景了吗？如果真是自杀就好了……”

“是自杀就好了？你倒是说得轻巧。”英一冷哼一声。

“那你是要他杀才好？”真由子柳眉倒竖，看来她实际上是个强势的女人。

“说起来，好像是有小说描写孤岛上连续发生杀人案件呢，像《东方快车谋杀案》这种。”娃娃脸厨师冒出这么一句。

“那不一样。”真由子犹犹豫豫地明确指出他的错误，“那本是别的类型的小说。”

“啊，是这样吗？”

“很遗憾。”我开口，“我不认为这是自杀。”

“哎？”真由子一脸惊讶地看着我。“你凭什么这么肯定？”英一也透过眼镜盯着我。对我来说，能够断定田村干夫非自杀是理所当然的。

在我们调查后所发生的死亡，只限于由意外事故或者不幸事件导致的突发性死亡。老死、病死和自杀都与我们无关。情报部之前说过，田村干夫的调查报告结论为“可”，这就表示我的同事已经调查过他——也就是说，他不可能自杀。

“不是自杀是什么？难道说有人给那大叔下毒？”英一瞪着眼睛。

权藤轻抚下巴，一脸的凶相，随后他开口说：“厨房里好像留有两只杯子？”

“是啊。”其他人跟着点头。在田村陈尸的厨房里，发现了两只葡萄酒杯。两只杯子虽然摆放得有一段距离，但都是杯底残留着浅浅一层类似于红酒的液体。从娃娃脸厨师坚持说昨晚这里并没有这两只杯子来看，可以推测是半夜里有人用过了。

考虑到田村聪江所说的田村嗜酒这一点，能基本确认其中一只是田村用过的。

“有两只杯子就表示还有一个人在场，对吧？”英一扫视众人，仿佛想要把那个人揪出来，“会不会就是那个人把毒药掺进酒里的？”

“这酒是昨晚各位喝剩下的。”娃娃脸厨师怯生生地说。

“也就是说，毒药并不是事先掺进去的。”权藤松开交叉在胸前的双手，重新坐到沙发上。“那田村先生大概是什么时候死的呢？”

“那应该是……”我搜索着记忆，“大概是清晨五点到六点之间。”由于我回答的速度实在太快，其他住客都用怪异的眼光注视着我。我暗叫糟糕，英一已凑过身来质问了：“为什么你连这都知道？”

“实际上，”我忙解释，“我的房间就在楼梯旁边，有人经过都能听到脚步声。”

“所以呢？”权藤眼睛一眨不眨地盯着我，看他瞪我的那架势，就好像只要我一语不实，他就要实施反扑。

“早上五点左右，我听到外面有动静。因为好奇，我就往门外看了看，结果正好看见田村先生往楼梯走。”

住客和厨师的房间都在二楼。走上楼梯，右手边有一条长长的走廊，走廊两侧各有五扇房门。我的房间在最靠外的右手边，正对面隔着走廊的恰好是田村夫妇的房间。

“你是通过猫眼看的吗？”

“猫眼？嗯，是的。我正好看见田村先生一个人从房间里走出来。”

说实话，不只田村出门的那个瞬间，我一整晚都通过猫眼窥视着屋外。对我来说，不管是躺在床上睡觉还是站在门前，体力的消耗都差不多，坚持几小时几天都没有问题。所以，我原本打算在田村聪江从正对面的屋子里走出来的时候，假装碰巧遇到，然后凑上去搭话。因此我整晚守在门后等待时机。

清早五点左右，我看见田村干夫走出房门。大概是睡不着吧，我看见他闷闷不乐地出了房间，脚步沉重地走向楼梯。

“你为什么五点还醒着？”英一尖锐地追问。

“因为担心这暴风雪，”我煞有介事地瞎说，“所以睡不着。”

“发现尸体的时候是六点吧？”权藤确认道。

发现尸体的是我与田村聪江。田村的身影消失在楼下后，约莫过了一个小时，田村聪江也从房里走了出来。我按照计划，假装正好开门出房间，和她打了招呼。她端庄地微微一笑：“我醒过来发现我丈夫不在房里。他上哪去了呢？”那时，她的语气还很从容自得，想必根本未曾预料到丈夫的死亡。

我们一起下到一楼，接着就在厨房门口发现了田村干夫倒在那里。

“我是听到田村夫人的惨叫声后立刻起身下楼的。”娃娃脸厨师摸着下巴说。

“我跟儿子也是以为发生了什么事，就起床了。”权藤歪着嘴，伸出食指指向真由子，“那时候你也在楼梯那里吧。”

“因为那惨叫声实在很凄厉啊！”真由子好像要重现当时的惊恐，伸手拍着胸口，十足地诠释了什么叫作夸张。

“也就是说，”娃娃脸厨师说，“那个时候大家都在二楼，对吧？那么到底是谁跟田村先生一起喝酒的呢？”

“大概逃出去了吧。”我脱口而出，并且认为这个设想很合理。

“逃到暴风雪里？”权藤望向拉着窗帘的窗口，“这别墅不是锁门了吗？”

视线集中到娃娃脸厨师身上。大家很自然地把负责做饭的他看成是别墅主人方的代表。他回答：“基本上，正门是会锁的。”

“那么……”真由子脸色铁青，“凶手消失到哪里去了呢？”

“也不一定是消失了。”权藤依旧沉着冷静，“也有可能是我们当中的某一个人在和田村先生一起喝完酒后回到了二楼。他只要在听到田村夫人惨叫后若无其事地冲到一楼就可以了，没必要逃到外面去。”

“但是，”我下意识地说，“夜里并没有其他人下楼啊。”

“为什么你能这么肯定？”英一看我的眼神充满狐疑。

我当然不可能告诉他们，我整晚都在门后监视走廊上的动静，于是就说：“刚才我也说了，我的房间就在楼梯旁边，有人经过我立刻就可以知道。”

“别傻了。”权藤肯定地说，“你也是人，不可能一直醒着，说不定在你睡着的时候有人下去了。”

我不是人类，我一直醒着。很遗憾，我不能告诉你们真相。“我没有乱说。”明知没人相信，但我还是坚持叙说事实：清早五点到六点之间，除了田村干夫，没有人上下过那道楼梯。

“找找看，说不定哪个地方还有通往外面的门或者窗子吧。”娃娃脸厨师说，“说不定凶手是从那里逃出去的。”

“但是，”英一突然说，“如果是毒杀，那么像你这种娇滴滴的小美人也能办到吧。”他脸朝外面不满地嘟囔，像是在自言自语，音量却又响得大家都能听见。

“你这是什么意思？”真由子满脸惊愕。

“是你杀了田村先生吧？”英一的态度像是在捉弄她，又像是头脑陷入了混乱，逮谁惹谁，也像是不小心暴露了对女性的施虐心理。

“英一，住口！”权藤喝住他，“没有证据不许乱说话。”

这话果然符合他“前刑警”的身份。

“我有什么理由要杀田村先生？”

众人的目光都集中到了她身上，我感觉得到那视线的灼热。从昨天吃晚餐的时候就是这样了，其他住客在望向真由子的时候，我能感觉到他们的眼神里带着某种热情：也许是因为这里就真由子一个年轻女人，他们望着她时的那种紧张感，既可以理解为对于异性的好奇心，也可以理解为一种极端的厌恶情绪。

“比方说，”她像是灵光一闪，“会不会是这样？有没有这样一种可能：瓶子里的红酒在晚上起了什么化学反应，比如氧化反应，于是在今天早上就变成有毒的了，然后田村先生正好喝了……”

“你认为这是意外？”如果是这样倒有可能。意外身亡属于我们的管辖范围，假设田村并没有自杀的意图却误饮了毒酒，那是完全有这个可能的。

“从来没听说过红酒会在一夜之间变成毒酒的事情。”权藤否定了这个说法。

“这里明明还有一只玻璃杯，你却非说是意外，凶手一定是你吧？”英一又一次盯着真由子。

“没道理就只怀疑她一个人吧。”我息事宁人地说。

这息事宁人的说法似乎让英一很不爽——人类的反应有时候会超出我的想象，他嚷道：“你是要给这女人撑腰吗?！”

我吃了一惊，不明白怎么会搞成这样。

“你真是来躲避暴风雪的吗？还是说你根本就是这个女人的同伙？”

“哎？”我反问。

“你昨天也帮这女人把她的菜吃了，不是吗？”

我回忆了一下应道：“啊，你说那件事啊。”

昨天的晚餐有一道菜是香草烤鸡，菜端上来的时候，真由子小声对我说："我不太能吃香草之类的东西，你能帮我吃掉吗？"

虽然她的请求听起来是很客气，但我听得出来她是认定我不会拒绝她，这让我不是很愉快。于是我提议道："不想吃别吃不就行了？"

她却不肯："可是我不能一点都不吃，全剩下来呀。"

怎么办？我只烦恼了一瞬间，最终还是帮她吃掉了。因为我想起以前在另一个任务中去餐厅吃饭，隔壁桌的一个年轻人曾说："吃不完没关系，我帮你吃好了。"那个男青年因此被对面的女人夸奖"你真好"。于是我做出判断：作为一个好青年，我应该采取和那个男青年相同的行动。

我没有味觉，也不需要补充营养，对吃东西也不感兴趣，但我还是吃掉了两人份的香草烤鸡。

"被你发现了啊。"我苦笑。其实我已经是很小心翼翼地一小片一小片地从她盘子里夹肉了，但也许动作还是不够自然吧。

"第一次见面的男女，怎么可能分享盘子里的食物？"

听英一这么说，我猜测他莫非是在嫉妒我。真由子把菜让给我，恐怕他不高兴了吧。要不然就是，他实在是非常非常喜欢香草烤鸡这道菜。

"先别说这个，"我想到了些什么，指指厨房，"谁去尝尝那边剩下的那一点点红酒？这样就知道酒里有没有毒了。先确认这一点吧。"

"如果真的有毒怎么办？"英一冷笑。

正在这时，背后响起了脚步声和人声："我看到了。"大家一齐循声转过头去，只见田村聪江正慢慢地从楼梯上走下来。她瘦骨嶙峋的脸上毫无血色，一头短发看上去也像是失去了水分，干枯了。她说："当发现我丈夫倒在地上的时候，我看见有个人影从厨房后门消失了。"

4

田村聪江大概尚未从贫血症状中完全恢复过来，脚下有些摇摇晃晃。她在沙发上坐好后，继续梦呓似的反复喃喃自语："我看到了。"稍后，她转头看着身后说："早上，我丈夫倒在厨房里……"当然，田村干夫的尸体依然躺在那里。她倒吸一口气，然后紧紧地闭上眼睛，用力咬住牙关，强忍着不哭出来。"我正在摸丈夫的身体，突然看见厨房窗外有一个人影嗖地闪过。"眼泪已经在她的眼眶中打转。

"这样的话，那个人就是凶手吧？"真由子显然急于确认凶手。

"你记得那人长什么样子吗？"娃娃脸厨师注视着田村夫人，问道。

"很高，披着灰色的外套，头发很短，鼻子很挺。"

"只看了一眼，就能记得这么清楚啊！"权藤说话的腔调还像一个现役刑警。

"是的。"田村夫人用力点点头，"其实，他很像一个最近才认识的人。"

"谁？"权藤坐直身体。

"一个销售医疗器具的业务员。我第一次见到他是上个礼拜，他给人的感觉很不错，三十五岁左右，最近一个星期，他每天都来我们家诊所，说是叫蒲田。"

"他为什么会来这里？"英一问。

"不知道。"田村聪江摇头，"他和我丈夫似乎很谈得来，可以说两个人都很喜欢红酒吧。"

“喜欢红酒！”英一抬高了声音，“那一大清早和田村先生一起喝酒的应该就是这家伙吧？”

权藤也轻轻点着头，似乎有点赞成这个说法，但依然有疑问：“但是这家伙又是如何穿过暴风雪到这里的，又会跑到哪里去呢？”

“莫非他现在还躲在别墅里？”娃娃脸厨师说。

他只是随口一说，可除我以外的其他人全都脸色煞白。

“凶手还在屋里？”真由子说着伸手捂住了脸。

“去搜搜看。”英一站起身。

“搜？”我反问。

“去搜搜看那个叫蒲田的人是不是还躲在这别墅里，这不是理所当然吗？”

“啊？会不会太危险了？”娃娃脸厨师表现出畏缩。

英一显得很烦躁。“要是凶手还躲在这里才更危险，不是吗?！他才一个人，我们有六个，没什么好怕的。”

真抱歉，我几乎就要说出来了。虽然你们讨论得很认真，但我还是要说抱歉，因为我知道这个叫蒲田的人绝对不是凶手。

那个人一定是我的同事。

我有个调查部的同事在工作时用的名字就是蒲田。也就是说，负责调查田村干夫的应该是蒲田，他昨晚估计是来见证田村干夫的死亡的。只要是我的同事，管他暴风雪还是汹涌的洪水，都能轻易地出现在人们面前。

蒲田说不定早上就曾经出现在厨房里，跟田村一番寒暄之后，又一起喝了红酒呢。不对，如果这么贸然出现，田村一定会惊讶的，所以他一定只是站在厨房边静静看着田村死去，然后再把剩下的红酒倒在杯子里喝掉。虽然我们不可能有味觉，但也有同事因为“喜欢那像血一般的颜色”而对红葡萄酒着迷。至于留下酒杯就离开，那一定是疏忽了，或者认为留着也无妨的缘故。最后，工作完成，闪人。一定是这样。

5

和我预想的一样，搜查行动一无所获。我们所有人，连同尚有贫血症状的田村夫人在内，对整幢别墅进行了地毯式搜索，连后院的仓库都没有遗漏，可就是没有发现什么可疑人物。外面一片静谧，天空依旧飘落着片片雪花，这景象让人觉得不可思议。

“怎么可能在这么大的雪里逃跑？”权藤歪着头，好像怎么都想不通。

“说起来，你的男朋友没问题吧？”从仓库回别墅的路上，娃娃脸厨师问真由子。她流露出不安的神色，垂下眼睑应道：“是啊，要是能跟他通个电话就好了……”

唯一的发现是一台文字处理机，而且这不仅没能让事态趋向明朗化，反而更添混乱。这台旧式的文字处理机就放在大堂的前台上，电源处于接通状态。好像是正巧在前台内侧搜查的权藤发现的，他当即大叫道“快来看”。

我们赶过去的时候，除我以外，全都因为那一面屏幕而呆若木鸡。

“第一个人被毒死。”——横写的文字这样排列。大家面面相觑。

“这是怎么回事？”娃娃脸厨师小心翼翼地看着权藤。

“不知道。”

“是谁写的呢？”真由子发出微弱的声音。

“是那个叫蒲田的人吗？”英一咬牙切齿，喘着粗气，“开什么玩笑！”

我感到怀疑，这真的是蒲田干的吗？难道我的同事会在送行后顺手利用文字处理机恶作剧吗？

“一定要报警。”真由子的声音细不可闻，她双手合十，像在祈祷，“报警吧，要不我们就快点离开这里，快决定吧！”

“现在不正因为束手无策而心烦嘛。”权藤的声音带着焦躁，我觉得地面都在跟着轻轻震动。“电话不通，想出去却又被暴风雪困着，你难道还不明白吗？”

“那个……”田村聪江好像很伤脑筋，开口问道，“那个，我丈夫的遗体……就这么放在这里行吗？”

“就怎么？”我问。

“就这么放着，那个，会有损伤的吧……”这话听上去让人觉得她是不知该把自己丈夫当成尸体还是水果来对待。田村聪江似乎是鼓起了相当大的勇气才说出这番话的。

“我是认为最好不要在警察到来之前破坏现场。”权藤双手抱胸做沉思状，片刻之后接着说道，“还是暂且搬到屋外去吧，雪这么大，应该不会腐烂。”

“腐烂。”这个词让田村聪江的身子猛地晃了一晃，但她随即发出松了口气的声音问：“可以吗？”

“你现在感觉如何？”见她已显疲态，站在一旁的我忙问。

“嗯，我没事。”然后她深深地叹了口气，擦了擦眼睛。她那痛苦不堪的表情，让我忍不住想告诉她：其实你也快死了。

6

“天”，说到底不过是人类制定的一个单位而已。对于其他住客来说，这一天也许可谓无比漫长，但对我而言，却是转眼间就到了夜晚。

情况并没有什么变化。

雪花依旧纷纷扬扬，白桦林渐渐被大雪淹没。别墅再一次奇妙地被静寂所笼罩，只有正在准备晚餐的厨房里偶尔会有声响传出。

用完早餐之后，男人们合力将田村干夫的尸体搬到了别墅外面，并用雪将其掩埋。之后，大家就分散各自行动了。

真由子为了跟男朋友取得联系，无数次站在电话机前尝试，却好像一次都没成功，后来的时间里她就一直把自己关在房间里；权藤和英一虽然面对面地坐在休息室里，却完全看不出父子俩是在和和乐乐地说笑。

文字处理机就这么放在前台上，那行字也还是原样，谁都不愿拿手碰它，也绝口不提。在我看来，只要把电源关掉即可，但就连这也没人愿意去做。

田村聪江坐在大厅的椅子上，一脸的忧伤与茫然。我坐在她身边，观察着她的表情，向她提问题，窥探她的反应——换言之，我正在工作。“你在看什么？”我问她。她也不掩饰哭过的痕迹，回答说：“在看我睡在外面的丈夫。”的确，从她的位置能看到掩埋田村干夫的雪堆。“为什么会发生这种事？”她说着，双手掩面。

“这人世真是不讲道理啊。”我试着说些听上去好像很贴心、实际却毫无意义的套话。这种空话通常运用在无话可说的时候，是人类惯用的伎俩。

“为什么我们总是碰到这种事？”

“我们总是？”我有些在意，“此话怎讲？”

田村聪江揉着眼角告诉我：“其实，我们曾经有过一个儿子。”

我注意到她用的是过去时：“曾经？”

“他活到二十四岁的时候死了，服用了一种奇怪的药物。”据她说，她儿子是服用从朋友那里得来的非法药品自杀的。也难怪，如今竟然连丈夫也步儿子后尘，服毒身亡，任谁都会愤慨。

当我问到她儿子自杀的原因时，她声音颤抖，开始抽泣，口齿变得含混不清了。我倒是从她的只言片语里大致推测出是由于暗恋失败或者失恋一类的事情，但再具体一些的细节就不清楚了。

“这实在太可怜了。”我假装同情她，然后试探地问，“那你有没有想过索性自己也一死了之？”

她一愣，抬起头来。我开始为自己过于冒进而懊恼，她却回答：“也许吧……”

夜幕渐渐降临。

大概是娃娃脸厨师没心思好好做饭，晚餐的菜色并不丰富，好在众人都没心思吃饭，所以也没人对此提出异议。用完晚餐，住客们连寒暄的工夫都没有，各自沉着脸回了自己房间。我很清楚，他们每个人都在盼着这该死的暴风雪明天能停。

上了楼，当我转开自己房间的门把手时，突然记起情报部的家伙所说的话。他应该是说过别墅里会死好几个人，那么接下去会轮到谁呢？

7

第三天早上，权藤倒在了雪地上——他的尸体就躺在距离别墅门口几步之遥的地方。

埋有田村干夫尸体的雪堆正好就在他旁边。一早，田村聪江因为无法相信丈夫已经死了而来到这里，却看见了权藤的尸体。又一次充当了第一发现者的她这次没有尖叫，苍白着一张脸跑到我身边，当时我正坐在大厅里。她像是要呕吐一般对我说：“大事不好了！”那时是早上八点。

我并不吃惊，但也假装慌慌张张地把其他三人从房间里叫了出来。

与田村干夫的情况不同，权藤的状态一眼就能看出是他杀。他俯卧着，脸贴着雪地，背上插着一把菜刀。

我条件反射性地察看周围。权藤的死亡表示负责调查他的同事应该就在附近，他应该要来目送这一刻的。我以为他就在这附近，却看不见身影，看来已经离开了。

我们围在已经停止呼吸的权藤身边俯视着他。

田村聪江似乎受惊过度，她蹲在一边，双手抱住自己的身体，我听到她小声地喃喃道：“为什么会这样……”

失去父亲的英一却出人意料地没有慌乱，虽然他万分悔恨地抿紧了嘴唇，却只摘下眼镜擦过一次噙在眼眶里的泪水。他双手搭在自己圆滚滚的肚子上，像是在思考什么。

真由子由始至终都保持着沉默。她悲伤地垂着眉，脸上全无生气，右手放在腹部，不住地深呼吸。

娃娃脸厨师倒是显得最为狼狈。他一边绕着圈来回踱步，一边小声嘟囔着：“这算什么呀，这算什么呀！”他又像是后悔接下了这份工作：“我说我不想来的嘛！”

正是在这个时候，有人冒出一句“权藤先生”。我竖起的耳朵里听到有人低叹了这么一声。我有些疑惑。这声音肯定是男人的，传来的方向明显是在我的左面，而那里只有英一一个人。也就是说，我只能认定刚才的声音是从他嘴里发出的。但英一身为人子，却称呼父亲为“权藤先生”，这未免有些奇怪。到底是我听错了，还是这英一和权藤其实并不是普通的父子关系？

“回去吧。”听到田村聪江有气无力的声音，我们三三两两地往别墅方向走去。并肩走在我前面的是英一和娃娃脸厨师，我听见他们在交谈，于是连忙侧耳倾听。

我听见娃娃脸厨师瑟瑟缩缩地问“这到底是怎么回事”，英一则回答他“都说不知道了，是那个女人干的”。

在走过前台之后，娃娃脸厨师突然高声叫道：“这个！快来看这个！”他站在放在前台上的文字处理机前，声音颤抖。

英一与我凑近一看，却见屏幕上追加了一行新的文字——

“第二个人被刀刺死。”

我差点“哇”地轻呼出声。

我们又一次面对面地坐在了沙发上。与昨天不同，我们并没有立刻就事态进行确认，也没有展开后续行动的讨论，大家都只是沉默地坐着，沉默得不自然，但谁都不愿打破僵局。

昨天与今天有好几处不同。

首先是又死了个人，而且死去的还是扮演整合角色的权藤，这让剩下的住客感觉到恍如失去了可依赖的支柱。其次，从权藤的尸体来看，毫无疑问是他杀，这让每个人都不得不承认有凶手存在。而文字处理机屏幕上增加的文字也愈发显得诡异，所以大家都只能畏缩着保持沉默。

过了好久，娃娃脸厨师终于开口了，他问英一："权藤先生是什么时候离开房间的？"

"没注意，大概是我睡着的时候走开的吧。"

"真的是这样吗？"娃娃脸厨师再次强调。

英一顿时不悦："你这是什么意思？"

"同在一个房间却没注意到？"

"你是在怀疑我？凭什么杀人的非得是我？你自己也清楚的吧，这女人才是最可疑的！"英一指着真由子。

真由子猛地一震，瞪着英一，什么话也没说，嘴唇却已经发白了。

"等等，大家先冷静下来。"我说，其实我也没什么特别的目的，再说我也没有义务安抚他们。

"你干什么？你果然是要给这女人撑腰吗？"英一再一次莫名其妙地将矛头指向我。

"不是的。这么一味责问也无济于事啊。我们还是仔细想想，为什么田村先生和权藤先生会死吧。"

这样一来，反倒像是我一个人成了警探，他们则成了保持缄默的嫌疑人。我无奈地开始点名提问："英一先生，权藤先生在房间里待到几点，你连大致的时间都不清楚吗？"

英一听了，转动着松垮垮的脖子，不情不愿地回忆道：“昨晚我很困，一回房间就躺到床上去了。我还记得在我快睡着的时候他曾经跟我说过话，那时应该是深夜十二点，因为我正好瞄了一眼钟。”

我有些后悔昨天晚上没有从猫眼里窥探走廊上的动静了，不然至少能够知道权藤是跟谁一起下的楼。可惜的是，昨晚我没有守在门后。

因为我找到了一台收音机。

昨晚我回到房间后，在窗边眺望雪景，却在窗台的一侧发现了一台小型收音机。

这次工作地点是在信州的深山里一幢与世隔绝的别墅，周围没有CD店，老实说，我是非常失望的。因此，当我发现这台收音机的时候，简直是如获至宝，欢呼雀跃地打开了电源。起先传来的只有杂音，但我毫不气馁，拔出天线，将收音机靠近窗边，终于听到了轻微的音乐声。

从收音机里传来的是爵士乐，悠扬的中音萨克斯轻缓地回响着。我把耳朵贴在收音机上，度过了一个饕餮之夜，又怎会再去理会谁曾在别墅里走动呢？

“我们果然不应该做这种事。”田村聪江开始痛哭，她的手放在脸上，拼命地擦拭着泪水，仿佛从眼眶中流落的不是泪水，而是希望。

“这种事是指什么？”我问她，她却不回答。我并不认为夫妻中奖同游这件事可以让她如此悔恨。

而另一边英一却死死地盯着真由子，那眼神仿佛想要撕裂正低着头的真由子。

“早上好。”这时突然响起一个响亮的招呼声，是从我们身后的大厅传来的。

我和英一一惊，飞速起身，娃娃脸厨师和田村聪江则慢慢地坐直了身子。真由子突然站起来，之前一直阴沉沉的脸蛋恍如霎时间沐浴了阳光，高叫着“秋田先生”直奔过去。

我们追在她身后。“是她男朋友来了吧？”娃娃脸厨师在我身边问。“大概吧。”我回答，却听见英一在身后咂嘴。娃娃脸厨师看向英一，对视的两个人脸上都写着不满。

在别墅的门口站着的是一个体格健壮的男子，他肩上背着双肩包，正在撣掉身上的积雪。一口洁白的牙齿在黝黑肌肤的衬托下越发显得耀眼，看上去像是个二十多岁的运动员。真由子紧紧地拥抱着他，传达着重逢的喜悦之情。

“我来晚了。”他解释，“这雪实在太大了，我没办法过来。今天早上雪稍微小了点，可车还是不通，没办法，只能走路来了。”

不愧是有着运动员的强健体格。

真由子抽泣着，兀自紧紧地抱住他，好像要把这两天承受的所有恐惧一股脑地发泄在他身上。

“初次见面。”他发现了站在不远处的我们，连忙打招呼。

英一走近他们，“嗯”了一声，生硬地对他点点头。然后，他摇着肥硕的肚子说：“现在这里的情况很严峻呢。”

我怔怔地看着这个刚刚现身的男人，不久，他也把头转向了我。当我们目光交接的一瞬间，他亲昵地对我扬了扬眉毛。原来是这样，我暗想。

他，也是我的同事。

8

“嗨！”一直到吃完那天的晚饭，我的同事才过来和我搭话。

由于他的到来，真由子好像终于放心了，据说一上床就马上睡着了。其他住客也回到了自己的房中。虽然田村聪江提议，为了安全，大家都睡在同一个房间，但并没人赞同。看来谁都把别人视为凶手，反而只想把自己锁在自己的房间里。

我和同事并肩坐在关了灯的黑漆漆的休息室。

“你来的时候雪明明快停了……”我站在休息室的窗前，掀起窗帘眺望着外面说。

直到中午，天气还有好转的迹象，不料最后暴风雪还是再次袭来。鹅毛大雪漫天飞扬，狂风大作，雪势比起之前有过之而无不及，整幢别墅再度被笼罩于一片白茫茫之中，这无疑也让住客愈发疲惫，一直到吃晚饭，几乎都没有人开口说话。

“你工作的时候天气都很恶劣，”同事说，“这在调查部可是尽人皆知啊。”

“差不多吧。”

“听说你从没见过晴空，这是真的吗？”

我耸耸肩：“差不多吧。”这回答绝非胡扯。当我出现的时候，天空总是乌云密布，我从未见过云层后面的天空模样。倒不是说我多有兴趣想看，但总觉得有些吃亏。“好在对工作没什么影响。”

“倒也是。”

“不过，这么大的雪还是第一次见到。以前也就是下下雨罢了。”我出神地望着那在夜晚的黑暗中一片片执拗地坚持纷纷洒落的白雪。我倒是认为，所谓风景，黑也好白也罢，就应该是单纯的一种颜色才好，人类世界的颜色实在是太多了。“你是负责调查那个叫真由子的女人吗？”

“从上个星期开始的，明天就是执行日了。”他说着摸摸鼻头。

所谓执行日，也就是调查对象死亡的日子。换句话说，他是为了见证真由子的死亡才在这暴风雪封门的别墅里出现的。

“也就是说，是‘可’？”

“那还用说。你负责的是谁？”

“田村聪江。这里头有一个中年女人，不是吗？”

“反正也是‘可’吧？”他健康的笑容比普通的人类更灿烂。

“可能吧。”我回答，但立刻否定道，“不，我还没决定呢。”

“就算你现在这么说，但最终还是会写‘可’吧？”

“或许吧，不过我打算再调查调查。”

“对了，刚才也听她说了，说是现在这别墅里的情况很糟糕？”他像是刚刚想到，“发生什么事了？”

“你有兴趣？”真没想到我的同事居然会关心人类的生死，我感到很意外，至少我就全无兴趣。

“其实，那个叫真由子的女人很喜欢看推理小说。”

“推理小说？”这种词压根儿不曾在我脑海中出现过，我不禁怀疑自己听错了，不过马上记起来，真由子的确这么说过。

“为了能够和她变得亲密，我也看了几本。”

“你们很亲密了？”我对他的话做出反应。

“唔，”他挑一挑眉，“算吧。”

调查部里的同事性格迥异。有像我这样对调查对象全无兴趣的，也有主张“应该让对方在死之前感受到幸福”的，还有不少同事会选择与对方恋爱，或者满足其物质需求。想必他也是这几天谈起了闪电式恋爱。

“在我看的书里，有几个情节是像现在这样展开的。”

“像现在这样展开？”

“就是在暴风雪的天气里发生杀人事件，而且是连续杀人。”

“确实，现在在这里发生的事情的确跟你说的情节挺接近。”我表示同意，“不过，在这幢别墅里接连有人死去，是因为上交了结果为‘可’的报告，没什么大惊小怪的。”

“真由子也会死，那就有三个人了。”他一缩下巴，“我们也差不多该回房间了。”他说着朝楼梯走去，我跟在他后面。

“说起来，”他踏上楼梯的第一级台阶，语气很随意地说道，“她其实是个很过分的女人。”

“你说的‘她’是指真由子吗？”

“没错。别看她外表看上去是个柔弱的女子，但绝对不容小觑。像这次她本来是要跟别的男人一起来的，但突然就决定和我一起来了。你想，她和我才刚认识呀。”

“要当她男朋友还真容易。”

“她是那种专门玩弄男人的——”他伸出食指，“你听说过‘婚姻诈骗师’吗？”

“我知道有这种人，但没负责调查过。”

“她就跟那种人差不多，先诱惑男人，再骗财潜逃。说是逃跑，其实就是突然人间蒸发了。据说其中有不少男人下场很惨，负债累累。还有人因为对她的一片痴心遭到了背叛，精神的螺丝钉都松动了呢。”

“你知道得还真具体啊。”

“都是从情报部那边问来的。”他说着，拧起浓眉，“那些家伙，如果不主动问就别指望他们会告诉我们。”

“对，就是这样。”我深有同感。

“情报部的家伙冷若冰霜、厚颜无耻的样子，你不觉得跟人类还真有点像吗？”

“你说得太对了。”我再次表示赞同，然后站定了脚步说，“其实，最早身亡的那个田村干夫的死因还没有搞清楚。虽然说肯定是因为中毒而死，但不知道谁才是凶手。”

“这事我刚才也听真由子说了。”他微笑着说，“会不会是这样？”接着他开始告诉我他个人的猜测。

听完，我点头表示同意。他的推理确实具有说服力，但同时让人感到有些失望。

9

到了第二天的凌晨两点，同事走进我的房间。“啊，音乐！”见我把耳朵贴在收音机上，他无比羡慕地指着收音机说，“这种地方居然也有这个啊。”

“怎么了？”我差点要把收音机给藏起来，当即冲着突然出现的他问道。

“没什么，就是想在回去之前跟你打声招呼。”

“真由子死了？”我问他。他点点头。“怎么死的？”我追问。于是他向我简单描述了真由子死时的情况，并指出了凶手的名字，然后便离开了。

等到天亮，我发现了真由子的尸体。她的房门敞开着，从外往里看去，只见浑身是血的尸体倒在床上，腹部插着一把菜刀。然后，我装出又惊又惧的样子，跑到其他各个房间，尖叫着“真由子小姐她……”，把娃娃脸厨师、田村聪江和英一叫起床。

他们三个皆表情错愕地站定在真由子的房门前，而我虽然已经从同事那里得知了这三人当中是谁杀死了她，但并不打算当场拆穿。

等大家略微平静后，我率先下楼：“我们去讨论一下发生的事情吧。”我边说边把他们三人带去了休息室。

“啊，那个男的呢？到哪儿去了？”田村聪江半路上突然想起，连忙四处张望，“那个叫秋田的男人不见了。”

“真的呢。”娃娃脸厨师也附和道。

我本来想回答“他回去了”，但一看见窗外的景色，就犹豫了。雪依旧很大，如果被他们反问“这么大的暴风雪，他还要回哪儿去，怎么回去”，那可就麻烦了。所以我也顺水推舟地说：“是啊，他去哪儿了呢？”

下到一楼，我突然想起了什么，就朝前台走去。我是想看看那台文字处理机。文字处理机的屏幕依旧开着，定睛一看，果然又追加了新的一行文字——“第三个人也被刀刺死。”

原来如此，这也是凶手设的套啊。

“好了。”等大家都在沙发上坐好，我轻快地站起身，环视其他三人。大概是疲劳加困惑所致，他们三个都低垂着脑袋。

说实话，其实我根本没必要这么拼命地想要搞清楚真相。不管是谁死了，或者谁把谁杀了，都跟我没有关系，我也没兴趣知道。我只要给田村聪江报一个“可”字交上去，哪怕是立刻走人都没有一点问题。

但我打算通过获得的信息，将发生在这幢别墅里的事整理出一个头绪来。大概是情报部的家伙的那句“反正你们也掌握不了事件的全貌”一直在我脑中盘旋不去的缘故吧。所以，我非要掌握一下事件的全貌给他们看看。这虽然不符合我的个性，但依然让我斗志昂扬。

“其实，这是你们大家设计好的吧？”我单刀直入地打开话题。

“啊？”三人一齐抬头，娃娃脸厨师嘴巴一张一合，田村聪江连连眨眼，英一的身体轻轻发抖。

“这都是我的想象。”我先强调这一点。其实大部分都是我的臆测。有些线索是从情报部那里获得的，但是根据这些线索构思出整个剧本的是我。

田村聪江嗫嚅着，欲言又止，可能是没有勇气说话。

“你们想合力杀了真由子小姐，”我直接甩出重磅炸弹，“所以才会聚集在这里，是吧？”

10

谁都没有开口，于是我只得继续：“第一天大家自我介绍的时候，真由子小姐说她最近经常抽中旅游大奖。那应该都是各位假托旅行社之名把她诱骗出来的手段吧？没错吧？这一次，她终于有外出旅行的意愿了，所以你们决定实施杀她的计划，对吧？”

死一般的寂静。外面大风呼啸，窗玻璃摇晃起来，在窗框上乱撞。

过了一会儿，田村聪江开口道：“英一先生是在旅行社工作的。”她是望着身旁的英一在说，话音里带着豁出去了的力度，脸上浮现出死心断念的表情。而这番话，应该也算是默认了我的推断。英一本人也似乎早已没有了抗辩或怒吼的力气，只知道低垂着眼皮静静地坐着。

“而这一切的根源，”我注视着田村聪江说，“应该都始于田村夫人的独子和也先生，是吧？”

今天早上，我询问了情报部，轻松地理清了几桩事情——信息随时能够轻松获取，只要我们问的话。总之根据这些信息，我发现田村和也原来是被真由子欺骗的诸多男人中的一个。

田村聪江可能是因为听到了儿子的名字，猛地抬起头来，表情充满悲愤，眼睛里闪出妖异的光芒。我由此得知：她至今依旧痛恨着真由子。“那个女人欺骗了和也！”她的声音在发抖。

据说事情是这样的：和也发现自己其实一直在被真由子玩弄，从头到尾只有他一个人计划要结婚。自尊心受创的他得了精神病，最后吞服下不知从哪儿弄来的毒药，自杀身亡。

“各位其实跟和也先生都是认识的吧？”

所有的住客都与和也有关。权藤在退休前是负责调查真由子的刑警。不知是出于强烈的正义感，抑或是他自己的某颗精神螺丝钉也松了，他在被真由子欺骗的受害者身上倾注了过分的心力，经过一番执拗的调查后，到头来他还是无法定真由子的罪。娃娃脸厨师是田村聪江的弟弟，也就是和也的舅舅。英一则是和也的好朋友。

我不是很能理解“好朋友”这种关系的概念，我只知道，不管是舅舅还是好朋友，总之他们决定为了已经自杀的人而杀人。又或者，他们本身就对像真由子这样的女人心怀愤恨？

“权藤先生与英一先生其实并不是父子吧？”虽然我早已经确认过，但依旧望着英一问道。于是，他那张没有了生气的脸愈发显得沮丧了，他苦笑着说：“因为一个男人独自旅行很不自然啊。”

“你们各位，”我再次确认道，“是打算合力为和也先生报仇。”

今天早上来告别的那个同事听了我的这番推论，愉快地笑着说：“说起来，的确是有一本推理小说写过所有嫌疑人都是凶手呢。”

“但是，”我顿了顿，装出带有几许同情的声音说，“这个计划却失败了，是吧？”

“是啊。”英一无力地摇头，“一开始，田村先生死得太奇怪了。他突然死了，我们的计划一下子被打乱了。而且，那个毒药到底是怎么回事？”

“那个……”田村聪江低着头说，“是我丈夫带来的。”

“为什么要带那玩意儿？”英一的嗓门又高了起来，看来毒药是计划外的道具。

“我们……”田村聪江像是下定决心，抬起了头。她泪眼蒙眬，眼泪在室内光的照射下反着光。“或许你们会想为什么都到这种时候了我们竟然还这样，可我们真的是因为把各位都牵扯进来而感到抱歉。”

“啊？”娃娃脸厨师惊讶地看着她。

“各位为了和也这么帮我们，但是，我们还是觉得弄脏手的事情让我们两个去干就够了。所以，我跟我丈夫讨论后决定只由我们两个下手。”

我的第一反应认定这不是真话。田村夫妇肯定不是为了不给外人添麻烦而决意自己动手，他们是想亲手报仇。他们想用儿子吞服过的同一种毒药来达到复仇的目的，计划赶在大家动手以前抢先杀了真由子。

但这时却发生了偏差。

“但是，我到现在也不明白为什么我丈夫会死。”田村聪江说完，“哇”的一声哭倒在沙发上。

这也难怪，我抱歉地想。她怎么可能想得通田村干夫的死因呢？

“凶手到底是谁？”娃娃脸厨师压抑已久的感情像是终于爆发了，他大声嚷起来，“田村先生、权藤先生、真由子小姐，已经死了三个人了！到底是谁杀了他们？我先申明我没有杀人，那么会是我们中间的谁呢？”

英一闻言别开了脸，田村聪江依旧在哭泣，她的肩膀抖得厉害。没办法，我开口回答他的问题：“凶手一共有三个。不同的凶手分别杀了不同的人。”

11

“什么？”娃娃脸厨师一脸震惊地看着我，英一和田村聪江也瞪大了眼睛。

“首先是有关权藤先生的死。”我说着伸出食指。我本来担心有人会质问“为什么要绕开田村干夫的死因不提”，要是那样就麻烦了，幸好谁都没插嘴。“权藤先生认为杀害田村先生的是真由子小姐，对吧？”我望着英一说，“所以那天晚上，他把真由子小姐叫出来，打算拿刀捅了她，是这样吧？”

“大概吧，”英一满脸痛苦地沉吟道，“大概是这样吧。”

娃娃脸厨师也轻轻点点头，说：“田村先生一死，我们都感到很困惑，就商量要重新制订计划，没想到权藤先生到底还是沉不住气。”

“因为那个人愤慨得趋向病态了。”英一碰了碰眼镜，开口说，“他痛恨那个女人。也许是正义感太强，心态都扭曲了吧。田村先生死后，他一直在那里喋喋不休，说那个女人铁定就是凶手。到了晚上，他不知道什么时候就离开了房间，应该是把那个女人叫出去了吧。”

“然而，就连权藤先生也遭遇了意外。我不清楚到底发生了什么事，但最终他反而被真由子小姐给捅了。”

我想象起当时的情形来：权藤和真由子面对面地站在大雪中，权藤举起菜刀就要刺向真由子，却一个不稳，跌倒或者滑倒了。他手中的菜刀掉落，同时把背部暴露给了真由子，真由子于是拾起了菜刀……

“我不知道到底发生了什么事。”娃娃脸厨师摇头，“我不知道田村先生怎么会被毒死，也不知道权藤先生是怎么被那个女人刺中的，还有那个文字处理机。”

“那个东西，”英一有气无力地说，“也没什么重要的。”

“你知道是怎么回事？”娃娃脸厨师惊讶地提高了嗓门。

“田村先生死的那天早上，权藤先生亲自输入的。‘第一个人被毒死。’”

“为什么要这么做？”

“为了看那个女人的反应吧。他肯定是认为，如果下毒的真是那女人，看到文字处理机上的句子，她肯定会露出马脚吧。”

“也有可能是为了吓唬真由子小姐。”我也说出我的想法。

“但是，权藤先生死后，不是还显示了新的文字吗？”娃娃脸厨师问。

“那大概是真由子小姐干的吧。”我说，“真由子小姐见自己反而杀了权藤先生，于是就想到了把罪名推给第一桩杀人事件的凶手。她一定是想让人以为这是一起连环杀人案。”

“也就是说，一开始对田村先生下毒的并不是那个女人？”英一这时突然显得有些狂乱，“我一直认定田村先生就是被那个女人杀的。”

“我认为不是她干的。”这个事情很难解释，我立刻否定了他的说法，指着他说，“最后是你杀死了真由子小姐？”

英一的肩膀垮了下来。我原以为他会暴跳如雷、翻脸不认账，没想到他很干脆地承认了：“是我干的。”

我想起了那个叫秋田的同事所说的话。他今天凌晨来我房间的时候曾说：“真由子最终是被刀捅死的。是那个叫英一的人冲到她房间里把她给捅死了。”

英一并没有拿出敢作敢当的气概，也没有要把恶人做到底的精神。也许是心理作用，他肥胖的身体此刻看来有点消瘦。“我已经累了。”他低语，“苦心制订的计划泡汤了，我想到这样下去的话那个女人还是能继续活在这个世界上，这一点我是绝对不能接受的。所以我决定杀了她。”他说着把眼镜扶正，“我没有考虑太多，那种女人本来一开始就该那样直接杀了才好。为了和也也应该杀了她。”

“那你们之前的计划是怎么样的？”我试探着问，“那个叫秋田的男朋友你们也打算杀掉吗？”就算他们真有这个打算，也不可能杀得掉我同事。

“只想杀那个女的。所有步骤都是权藤先生他们事先商量好的。住下来后的第二天，我们应该会去附近的山里观光。只要住客全体同去，那个女人一定不会起戒心。我们打算趁她男朋友不注意的时候把她从悬崖上推下去，之后全体住客一起作证说这是一场意外，这样就什么问题都没了，可是……”英一的脸扭曲了，“一切都乱套了。”

“是因为我来了吗？”

“不是，是因为暴风雪。不过，我们一开始也怀疑过你。”英一朝我投来尖锐的目光。

我突然来到别墅，一定让他们万分困扰。马上就要实施杀人计划了，却突然冒出来一个碍事的陌生人，他们自然很想把我赶走。但由于暴风雪的缘故，他们只能留下我。

“我一开始以为你跟那女人察觉了我们的计划，正在密谋着什么。接着，田村先生被毒死了，我那时认为一定是你把这一切搞砸了。”

“这跟我半点关系都没有。”我承认，田村的死的确跟我大有关系，但是我跟真由子绝对不是一伙的。

“是我们做错了！”这时，田村聪江突然大声说道——对她来说那已经是相当大的音量了。她的脸早已被无法抑止的泪水浸湿，泪水一直滑落到她唇边。“是我们想要以这样的方式给我儿子报仇，所以才会受到惩罚的。害得我丈夫跟权藤先生都送了命……”

“但是，我还是无法原谅那个女人！”英一的声音具有震慑人心的力量。这一刻，他仿佛被长眠在别墅外的权藤灵魂附体，听起来像是在强调他所说的才是千真万确的事实真相。只听英一继续说道：“那个女人，在我要杀她的时候还一个劲儿地狡辩，说什么她本来没打算杀权藤先生的，那是正当防卫什么的，就知道胡扯。而且她还在那里不停地叨念着刑法里的正当防卫和防卫过当的有关条款。这种人实在太恶心了。当我提到和也的时候，她居然说她不认识这个人，然后又开始唠叨有关诈骗罪的条款了。无耻！多么无耻的女人啊！她完全不知道反省！真没见过那副装模作样的腔调！你瞧她那弱不禁风、扭捏作态的德行！她就是用这种伎俩来骗男人的！”

“所以你就杀了她，然后也在文字处理机上打字？”

“我想让大家以为这一切都是同一个人干的。”

“同一个凶手？”

“田村先生被毒死的时候，你不是说过‘行凶的时候谁都没有上下过楼梯’吗？也就是说，我们大家都不是杀害田村先生的凶手，对吧？所以只要让人相信也是一开始的凶手杀的，那我自然就可以摆脱所有嫌疑了。”

他啰里啰嗦解释了一大堆，但我却没能领会他到底想表达什么意思，而且我也不想知道如此琐碎的细节。说到底，没有什么比人类的解释更不可信的了。

“千叶先生，那么你……”娃娃脸厨师盯着我说，“你打算怎么处理这件事情呢？要报警吗？”

“当然要这么做。”说话的是田村聪江，“是我们做错了，所以我们必须去自首。”

英一握紧体侧的拳头，深深地吸了口气，然后又缓缓地吐了出来。他似乎也意识到了自己所犯下的罪孽，口气很严肃地低声说道：“你说得没错。”

“是啊。”娃娃脸厨师垂下肩膀，“等暴风雪停了，离开这里以后，我们就去自首。”

“不用。”我简短地说。三人诧异地看着我。“我没打算对你们做什么。”我老实回答，“我也没打算报警。这么说吧，我对你们的事不感兴趣。我会忘记这一切。”

他们愈发戒备地看着我，像是在说：这算是什么交易？还是说你打算威胁我们一辈子？

我看着他们的表情，想：恐怕他们最终还是会去自首。

但我真的不可能泄露他们的秘密。我既不关心这事，也觉得没有这个必要。虽然确实是他们杀了真由子，但即使他们什么都不做，真由子还是会死。要我说，现在活着的这三个人早晚也都会死，对我来讲区别不大。人类永远都不肯正视自己早晚会死这一事实。

“雪小了。”我指着窗外，他们三人犹自陷入混乱之中，张大了嘴巴呆坐着。

从窗帘的缝隙望出去，能看到雪依旧在下，但是势头小了不少。我说：“我现在就要走了，接下去怎么做是你们的自由。你们想自首也可以，如果不想这么做，就把这里发生的事全都推给那个叫秋田的男人吧，也就是真由子小姐的男朋友。只要你们互相串好口供应该没什么问题。”

然后，我离开了休息室。由于调查期限还没到，我打算离开别墅后在别的地方再尝试与田村聪江接触接触，只是，结果恐怕仍然会是“可”。因为，也许她并没有该死的理由，但我同样不觉得她继续活在世界上还能有什么作为。

“话说回来，田村先生到底是怎么死的呢？”背后传来娃娃脸厨师的疑问。

田村聪江又一次抽泣出声，而英一则依旧一语不发。

我听了他的疑问，终于忍不住用他们听不见的音量低声回答道：“田村干夫的死都是因为我。”

12

综合我同事的推理和我自己的思考所得出的结论，真相恐怕大致是这样的——

第一天晚上，田村把毒药掺到了晚餐里。他自告奋勇地帮忙从厨房端盘子，是计划在真由子的盘子里下毒，借此尽快杀掉真由子。

他选择投毒的菜，应该就是那道香草烤鸡。可能是他准备的毒药气味比较刺鼻，因此他挑中了香味比较浓烈的菜肴。

然而直到晚餐结束，真由子都没有死。不但没有倒在地上，连半点痛苦的样子都没有。看到这一切，他自然非常震惊。他一定百思不得其解：明明下了毒，为什么她却没死呢？

真由子没死的原因很简单，因为那盘鸡肉实际上是我帮她吃掉的。她不喜欢吃香草烤鸡，所以把餐盘让给了我，而我则低调地吃完了所有的鸡肉。一个很大的可能性是下毒的田村干夫担心老盯着看会让人生疑，所以并没有一直注意真由子用餐的情景。

不用说，我自然不会被毒死。

至于田村干夫接下去是怎么想的——我还是只能凭想象，他一定会对毒药的药性产生怀疑，他应该会想：“这真的是毒药吗？”

接下来他会怎么办？

以身试毒。

翌日清晨，他一睁开眼睛就去了一楼的厨房，将毒药混入已经打开的红酒里喝了下去，于是死了。这是理所当然的，那可是毒药。

因此也可以说，田村干夫的死归根结底还是要怪到我身上。但是，既然他的调查报告写的是“可”，那么就算没有我，他也一定会因为别的原因而死。

我打开别墅的大门，走到外面。暴风已停歇，四周一片静寂。虽然天空依旧被云层覆盖，但雪已经小了不少。眼前一望无际的雪景，看上去像是一条白床单。地面有了陶瓷般的圆润。或许是因为有风吹过，白桦树枝丫上的积雪悠然飘落，像沙漏优雅地刻写着时间流逝一般，静静地融入地面。我痴痴地凝望着这宛如雪花们在窃窃私语的情景，不由得出声赞叹：“真美啊！”这一次虽然没能尽情欣赏音乐，但能见到如斯美景，也未尝不是一种幸运。

死神与恋爱

1

第八天，我亲眼见证荻原顺利地死于血泊之中。

“顺利死亡”这个说法或许很奇怪，但对于我们来说却顺理成章。

我穿过公寓四楼的走廊，朝最西头的房间走去。左手边是一溜房门，而往右转过头，能见到比这里更加陈旧的建筑。“荻原平常就是从那边注视着住在这幢公寓里的古川朝美啊。”我恍惚中想到。

我走到四一二室门口，同其他房间不同，这间屋子的房门被刷成了淡淡的蓝色，这是荻原在前两天刚上的漆。

“刷两遍的话，下面的东西就看不到了。”他平静地说。尽管脸和手都沾上了点点油漆，他却依旧刷得非常仔细。

当时，住在这房间里的古川朝美有点担心，说：“会不会被管理员骂？”但实际上，她心里应该是很高兴的吧。

“没关系，刷得漂亮点，管理员高兴还来不及呢。”荻原快活地笑答，转头征求我的同意，“对吧，千叶先生？”

“我可不是管理员。”

“我当然知道啊。千叶先生，你这人真奇怪。”荻原说着，咧开嘴笑了。

那个时候他一定没有想到，他正在上漆的房门内侧——古川朝美的房间，将会是他的葬身之地。

我转了转门把手，发现没有上锁，就拉开门走了进去。玄关水泥地上扔着一双男式运动鞋。鞋柜上的花瓶打翻了，水流了出来，滴到地上，形成一个小小的水洼。水滴滴落的方式如同外面的细雨。

脱掉鞋子踏进走廊，我看了一下钟。刚才一直都窝在闹市街的CD店里试听音乐，一不留神就来迟了。我不禁寻思：不知荻原是不是死了，死因也不知道到底是什么。

走进起居室，只见荻原正仰天倒在地上，手按着腹部，菜刀柄从他腹部一侧突出来，我忙一个跨步到他身边蹲下。木地板上淌满了从他身体里流出的鲜血，他的拳头肿得很厉害，可以想象，他一定是和什么人进行了激烈的搏斗。

“千叶先生……”荻原尚存一息。剃着板刷头的荻原颤动着，失去血色的嘴唇呼唤我。他依旧戴着那副一点都不适合他的眼镜。

决定他死亡的，正是我们死神。更确切地说，正是我提交了结果为“可”的报告。而我此刻仍就势问道：“是谁干的？”

“一个不认识的男人。”荻原的声音沙哑，“大概就是朝美说的那个家伙吧。他逃跑了，快去抓住他……”他大概正与失血过多做斗争，紧咬牙关硬撑，牙龈都露出来了。“不然等她回来就危险了。”

“你放心。”

“但是，为什么……”荻原突然问。而我在听了他的前半句话后，凭直觉以为他会说出“为什么我必须得死”这样的句子。因为人类在生命的最后时刻，必定会发出这样的叹息。出乎意料的是，荻原痛苦呻吟着说出的，却是这么一句话：“为什么……那个人……会找到这间公寓来呢？”

我感到一阵泄气。的确，威胁朝美的那个人似乎只有她的电话号码，但我相信通过电话号码找到住址的办法要多少有多少。“你现在还管这么多干什么？”我说。

荻原按着腹部，虚弱地眨着眼，发出声音：“不过……这样……”集中在他眼前的血因他的气息而颤动，“也好……”

我听着他的声音，看到他的表情中浮现出纯洁的光晕，感到非常不可思议。从开始调查他到昨天为止的七天时光，在我脑海中复苏了。

2

第一天，我发现荻原的目光一直追随着古川朝美的身影。

那天是周三，我一走出四〇二室，就看见荻原站在走廊上。时间刚过上午九点。根据我所得到的信息，他会在公寓门前的车站坐公交车到地铁站，然后再乘四站地铁，去那附近的一家进口品牌专卖店上班。

我从内兜掏出照片迅速比对了一下：板刷头、厚眼镜、细瘦体形。没错，就是他。

残暑已消，十月的下旬俨然一派秋天景象。没有台风来袭，云层却遮蔽了整个天空，看上去一片灰蒙蒙的，雨水就从那一片灰中滴落下来。定睛望去，一滴又一滴的雨珠，映射出一片扭曲的景色。

这一次，我是一名刚搬来这所公寓的二十五岁青年，据说比荻原年长两岁。

我靠到墙边蹲下身，一边假装系鞋带一边偷看前方的荻原，他正杵在那里注视着对面的建筑。我直起身，也将视线投向那一边的公寓。那是一幢四层楼的建筑，以褐色砖块砌成，就外观来说，比我现在所在的公寓可要气派好几倍。过了一会儿，我看见对面公寓四楼最靠西的一扇门里走出一个纤瘦的女子。她背对着我们，像是在锁门，然后沿着走廊靠左一路小跑起来。

几乎同时，我眼前的荻原也开始行动，我也跟了上去，一面注意和他保持距离。电梯来了，荻原看也没看一眼就跑下了楼梯，于是我也跟着他走下呈顺时针螺旋状盘绕的楼梯。

当我到一楼时，荻原就站在前面，我差点一头撞了上去。而他也像是被我吓了一跳，忙闪开身，尴尬地朝我打了个招呼："早上好。"

"啊，你好。"我也寒暄着，乘机退到一侧，然后说，"其实我是昨天刚搬来的。"这样的自我介绍显得有点唐突，但估计不至于不自然，如果错过这个机会，接下去反而会更麻烦，于是我告诉他我叫千叶，他也点头致意道："我是荻原。你是刚搬到四〇二室的吗？我都没注意到呢。"

站在荻原面前，我才注意到他其实个子很高，厚重的眼镜有如混浊的湖面，让人完全无法看清镜片后的眼眸。这副眼镜实在谈不上帅气，说实话，挺难看的。

"说是搬家，其实我也没什么行李，"我回答后紧接着又问，"你知道这附近哪儿有公交车站吗？"

“嗯，啊，知道。”荻原正望着别的方向，他的注意力一直都在公寓前的人行道上。一对上我的眼，他慌忙说：“我现在也要去那里。”他语速飞快地说完，立刻迈开了步。

他走出公寓打起伞，我也跟着他出来。正在这时，一个纤瘦的女子走过我们身旁——正是刚才从对面公寓里出门的那个女子。我只能肯定，荻原一直在等她走近。

公交站台可以避雨，于是我们收起伞，排队等车。

“早上好。”荻原开口打招呼，我这才发现刚才的那个女子正排在他前面。女子缓缓地转过头来，生硬地回应：“早上好。”感觉只是出于礼貌。

“才想着终于热过了，没想到又下起雨来了，真是潮湿啊。”

“是啊。”她回答，戒备心显而易见。我不知道他们之间的关系到底有多熟，但肯定不怎么亲密。

一辆快递货车飞驰而过，溅起马路上的积水朝我们飞来，水声中断了荻原和那女子的对话。

荻原若无其事地转过身，像是突然想到身后我的存在似的跟我搭话说：“不过，四〇二室已经空了有段时间了，以前住的是一个优哉游哉挺和气的大婶，还经常跟我打招呼，没想到已经不在了……”

“我也是碰巧分到这间房子而已，具体的情况并不清楚。”我一边回答，一边回想起倒在四〇二室的那位优哉游哉挺和气的大婶。基本可以断定她是服药自杀：尸体从餐桌边的椅子上翻倒在地，手臂弯曲，嘴边还留有呕吐物。不清楚具体死亡时间，但想必并没有太久，因为尸体尚未被发现，所以我才能把那里当成暂住的地方。

我们死神经常会被人误解。其实我们并不参与自杀和病死。比方说，不小心被车碾过、被突然出现的杀人魔刺死、火山爆发、家园被摧毁等等，这种“死亡”的确是我们执行的，但除此以外与我们并无关系。

因此，日益恶化的病症、因自身罪孽所带来的极刑或因债务缠身而自杀之类，同死神毫无瓜葛。所以当人类偶尔使用诸如“被癌症这一死神所腐蚀”一类的修辞时，我们都会感到愤愤不平：“牵强附会！”

公交车准时到达。那辆侧身满是五颜六色手机广告的公交车在进站的同时，发出了一声像是鼻息的声音，车门随即打开。

现在已经不是上班高峰了，车厢内空荡荡的。那个纤瘦的女子在车厢中央的座位上坐下，荻原则坐到了更靠后的双人座上，于是我假装很自然地坐到了他身边。

“荻原，你现在是去上班吗？”我一上来就没有加敬称。有时候，这样的称呼更容易与人拉近距离。

“是的，”他点头，“我在一家精品店里工作。”

“精品店？”

“就是一家服装店。”

“原来如此，受教受教。”我真诚地回答。

荻原显得很诧异，微笑着对我说：“你还真是个怪人，千叶先生。”

我并不理解我哪里怪了，但还是说：“那我下次到你店里去买衣服吧。”我觉得这是跟他套近乎的好办法。

“啊，但是，”荻原立刻说，“我们店里只卖女装。”

“那就……帮我女朋友去买吧。”我迅速地替自己捏造了一个女朋友。

“千叶先生有女朋友啊！”荻原发出羡慕的声音，之前的轻声细语也霎时间像涨潮般变响了，“真让人羡慕啊。”

这时公交车又进站了，是博物馆前站，地铁站的前一站。

“荻原，你还没有女朋友吗？”我问，虽然我并不感兴趣。

“是呀。”他回答，目光一直追随着那个女子下车的背影。

3

第二天，我问清楚了荻原与古川朝美相遇的经过。

与第一天一样，第二天一早我就前往公交车站。这次我九点多出门，决定先行前往公交车站等候，却一直不见荻原的身影，让我不由感到一阵焦躁。

第一天，我最终只是在公交车上和荻原有过一小段接触。很久没来人类的街上做事，我不免有些得意忘形。整整一天，我都泡在CD店里，晚上回公寓的时候，荻原早已回到了自己家里。

没办法，我只好整晚都站在走廊上眺望风景。我看到送外卖比萨的人来到对面的公寓时，居然有人特地在门口等着收比萨，这场景让我目瞪口呆：竟然能饿到这种地步吗？

“啊，千叶先生，公交车还没来？”荻原一边收伞一边走到我旁边。可能是我的心理作用，感觉他心情不太好。当然，他戴着那副厚重的眼镜，我也无法确切把握他细微的情绪变化，但我能感觉到：今天的他似乎有点失魂落魄。

公交车来了，我们坐在与昨天同样的座位上。我注意到，那个住在对面公寓的女子今天不在。

“你身体不舒服吗？”我问坐在右边的荻原。

“啊？”荻原一惊，看看我说，“我没事。”

“你好像有些心不在焉嘛，很忧郁的样子。”

“没这回事啦。”他垂下眉头。

我说：“那我能不能唐突地问一句？”

“唐突？”

“我是那种想到什么就说什么的人。人生不知道什么时候就结束了，该说的时候就要说出来，管它是不是唐突，你说呢？”我模仿起不久前碰到的某个人的这段得意的开场白，接着说，“因为人生苦短。”像你就只有七天了，内心忍不住补充道。

我瞟了一眼荻原的脸，只见他一脸困惑，但还是皱着眉头接话了：“是啊，我理解，人生苦短嘛。”

恐怕比你想的还要短哟，我又暗暗说道。

“你想问什么？”

“你今天早上有点意志消沉吧？”

“唔。”

“因为昨天的那个女子不在？”我单刀直入，“就是坐在那边的那个小个子。”

他像是没料到我会这么问，一脸惊慌，看上去就像被球砸到脸一样，连鼻子似乎都凹了下去。“为、为什么？”

“因为昨天你好像一直都在注意她，你是一直在偷看她吧。”

“啊——”他沉吟着，声音拉长了。人类在整理思绪的时候经常会发出这种风穿空洞似的声音。

“昨天出公寓的时候，你好像也在等她。”

“啊——”这次他脸红了，低下头去看鞋尖，像是在为自己的失态感到难为情，“千叶先生你真是敏锐……”

我盯着他看。说起来，迄今为止我见过不少处于他这种状态的年轻人。每一个都神经兮兮，情绪频繁波动，一时高亢一时低落，终于分不清是心醉神迷还是鬼迷心窍。谈不上是什么疾病或者综合征，总之就是会沉溺在一种让人觉得棘手的状态中不可自拔。“你这就叫……”我搜索记忆，并说出了那个词，“所谓的单恋吧。”

荻原哑然失笑，颤抖着双唇说：“千叶先生，亏你能一本正经地说出来。”

“说这话很丢脸吗？”

“正常成年人没什么胆子这么说。”

“不正常的成年人才会这么说吗？”

“不，那倒也不是。”荻原又笑了，“但是，正因为人生苦短，我觉得能够体会到单恋的滋味也不错哦。”

“你真的来了啊。”

这天下午三点，我出现在荻原工作的店里。这家店位于一幢贴满巨大广告画的圆筒形建筑的三楼，在自动扶梯右侧靠里的地方。墙上写着五个大大小小拉丁字母的店名，地上嵌着黑白两色瓷砖，整个店面营造出一种冷峻的感觉。

“正好工作比较闲。”我若无其事地撒了个谎。一直到刚才，我都窝在 CD 店的试听机前愉快地享受音乐，对我而言，接下去即将与荻原展开的谈话才是真正的工作。“而且也想来继续听你讲早上的事情。”

“什么事情？”荻原似乎并没有故意装傻。

“就是关于你单恋的事情。”

荻原立刻脸红了，他垂着眉，微微笑道：“那个，不用了吧，都说完了啊。”他摇着手。可能是心理作用，我觉得他的情绪不像早晨那么低落了，大概也是因为正在工作吧。但是我立刻又发现了另一处异样，指着他说：“啊，你把眼镜摘了啊。”

荻原慌忙举起手来要把眼睛遮住：“工作的时候必须摘下眼镜。”

“必须摘眼镜？”

“因为戴着那么老土的眼镜是会吓跑客人的哟。”这时突然传来另一个人的声音。只见白色的柜台里站着一个身材修长的女子，长长的睫毛很引人注目。她朝我歪一歪头，问：“是荻原的朋友？”只觉其柔若无骨。

“他是和我住同一幢公寓的千叶先生。千叶先生，这是我们店的店长。”

“我说千叶先生，你是不是也觉得荻原戴的眼镜实在是太丑了？”女店长征求我的同意，“明明不戴眼镜这么帅，而且他眼睛也不近视。”她的手指在荻原的脸前转个不停。

“我认为外表不重要啊。”荻原显得很不痛快。他的这种苦恼并非出于谦逊或者为了掩饰害羞，相反，他所表现出的是显而易见的恼怒，渗透着自我厌恶的情绪，像一个一无所有的人被人骂“穷鬼”后，因感觉受到了侮辱而气恼，这样的反应出乎我的意料。我重新审视不戴眼镜的荻原：坚毅的浓眉，黑白分明的大眼睛。此时的他是一个机智敏锐的人。我禁不住要感叹：仅凭一双眼睛，就能使形象大为改观啊。

“在这家店工作还真是够呛。”荻原的表情显得十分烦恼，但女店长丝毫不以为意。

“荻原，我早说过你可是我们店里的招牌，你要是不干，我可就伤脑筋了。”

“那就请让我戴上眼镜。”

“但我也说过那样就没有意义了嘛。”

看来这样的对话不知已经上演过多少次，荻原似乎早就知道这一切都只是徒劳。

“喂，我刚才好像听到你们在说单恋？”店长的眼里闪着光。

“没什么。”荻原像是要立刻终止谈话，不容分说地回答。

于是店长凑得离我更近：“哎呀，千叶先生，到底是什么单恋啦？”她语气愈发魅惑，扭动着身体，就差没缠上来了。

“对了，中午我还没休息过，我现在就去。”荻原立刻举起手宣布，“反正下雨，也没什么客人。”

“你在说什么呀，想逃吗？”店长这么说完又发起了牢骚，“看来你最近说什么去医院检查身体的突然请假，也都是假的吧。”

“千叶先生，我们走吧。”荻原搭住我的背走向出口，而我自然不会错过这天赐良机。正在这时，两个肌肤晒成小麦色的女子走进店内，不经意间朝擦身而过的荻原瞟来一眼后，眼睛霎时间焕发出了光彩。那眼神，一如在野外无意间发现了美丽的花朵。看来，荻原的外表的确极富魅力。

“那个女孩，是古川小姐，古川朝美小姐。”我们在同一幢楼的顶楼餐厅里点了两杯咖啡，荻原主动打开了话匣子。而我，差点被回荡在店内的大提琴的乐声夺去了心神。

“啊，你是说刚才那个香水味很浓的女人，还是说店长？”我心不在焉地回答。荻原立刻否定：“不是，才不是呢。我不是说那个。呃——我说的是一起乘公交车的那个……”

“你单恋的那个？”我喝了一口咖啡。

“请别再这么说了。”荻原恳求道，他似乎十分痛苦。我突然发现，他不知何时又戴上了眼镜。

“人类创造出来的东西里，最美的要数音乐，最恶劣的则是堵车。和这两个比起来，单恋并没有什么大不了的，对吧？”

荻原的表情有些困惑。“千叶先生真是个怪人呢。”他叹了口气又说，“说起来也真巧，我想起了类似的话。”

“哦？”

“人类创造出来的东西里，最恶劣的要数战争和非特价品。”他微笑地说。

“这是谁说的？”

“古川朝美……”荻原回答，不知道他是故意漏了称谓还是怎么，一会儿才补充道，“小姐。”然后，他开始断断续续地描述起他同古川朝美相遇的情景。其实我对这样的故事并没有兴趣，如果可以，我宁可专注地倾听大提琴的演奏，但还是耐下心来倾听他的诉说。即使不喜欢也要拼命做，这就是所谓的工作。

“她是在我们店办特卖会的时候来的，应该是去年冬天吧。”

“特卖会就是把商品卖得比平时要便宜的促销活动吧。”这点常识我还是有的。

“准确地说，”荻原把身子往后靠了靠，“是这样，没错，卖得比平时要便宜很多。我们店的产品很受欢迎，所以店里挤满了人。虽然早上十点才开业，但很多人都是前一天晚上就来排队了。”

“人类就是喜欢凑热闹。”

“正是。”荻原愉快地回应了我的说法，“特卖会的第一天，店里相当拥挤混乱，我是后来才发现有一个女孩拼命在镜子前试穿一件外套。她的样子很害羞，有点慌张，缩手缩脚的。”

“她就是古川朝美吗？”

“她一个人来的，很苦恼的样子。但是因为客人络绎不绝，我也就没有上去招呼她，我想她过会儿总会决定好是买还是回去的。结果过了一个多小时，我想起来了，一看她竟然还在。”荻原说着伸手捂住嘴角。

“一直都在镜子前面？”

“大概当中去过一次别的地方又折回来的，她应该真的很喜欢那件外套吧，所以我就上去招呼了一声。”

“你去跟她说‘要就快点买’？”

“怎么可能？”荻原忍不住笑出来，“我跟她说：‘很适合你哦。’”

他似乎正在回忆当时的场景，眼睛有一瞬间眺望着远方。我不着急催他，于是一面倾听着大提琴的乐声，一面等待他再次开口。

“但她还是苦恼。”荻原挠了挠太阳穴，“她对我说：‘我正在纠结要不要买，你站到别的地方就可以了。’我想她是不太有机会买这种高级品牌的衣服吧。于是我就一边做别的事，一边扫她几眼。就是那个时候，我突然觉得她很美。”

“怎么美了？”

“她外表看上去真的是挺朴素的，但一点都不自卑。不卑不亢的样子，很美。”

“所以你就开始单恋她了？”我也知道人类的恋爱和单恋通常都发端于一些微不足道的小事，所以我想象得到。

荻原的表情仍有些为难，像是在向我求饶，但还是老实地承认了：“现在想起来应该就是那样吧。”

“最后古川朝美买了那件衣服吗？”

“没有。”

“放弃了？”

“不，她是决定买那件衣服的。她一脸严肃地拿着衣服到收银台，仔细一看，却发现是非特价品。”

“非特价品？你刚才也提到过这个词呢。”

“是的，就是不参加特卖的商品。那件衣服是不打折的。”

“这不是欺诈吗？”

“当然不是啦。因为是新品，没办法打折啊。不过通常这种商品看上去会更好。”荻原笑着说，“所以也有说法就是‘如果有看上的衣服，就要做好它不打折的心理准备’。”

“然后她就没有买？”

“是的，因为真的很贵啊。当时她显得很失落，那也很正常嘛，她都烦恼了一个多小时了。我因为之前没有注意到那是不打折的，也感到很过意不去，就向她道歉了。结果她就这么说了：‘我一直觉得，人类创造出来的东西里，最恶劣的要数战争和非特价品。’”

“这算什么啊？”

“她是很认真地说的，我也是很认真地听的。”

“总之就是古川朝美没有买到那件外套？”

“是的。”荻原点点头，将咖啡杯凑到嘴边，“不过几天后还是买了。”

“没有打折也买了？”

“其实是我撒了个小谎。”

“撒谎？”

我没来得及问他是怎么撒谎让她买下的，他却急着想要辩解似的抢先说：“以前我看过一部电影。”

“电影？”

“里面有这样一段台词。‘谎言和失误极其相似。比如，说五点来却最终没来，这只是再常见不过的托词。但精妙的谎言看起来就会和失误没什么不同。’”

“什么意思？”

“大概意思就是：与其说我是撒谎，不如说是我搞错了。”

完全不懂他在说什么，我耸了耸肩。几乎同时，荻原看了看店内的钟，发觉他该回去工作了。

“等等。”我忙叫住他，“我还有几个问题想问你。”

“好。”

“首先，这么说吧，你对死亡有什么看法？”

荻原因意外而停住了动作。这也难怪。

“你有没有想象过自己会死？”

我以为荻原会对我吐口水，叫我不要突然说这么不吉利的话，但出乎意料的是，他并不避讳。“人类很少对自己会死这种事情有直观认识呢。”他脸上的表情很微妙。

“你说得没错。”

“死亡恐怖，人生苦短。我也是最近才认识到这一点。”

“你很了不起。”我并不是要取笑他，而是真的佩服他能有这样的感悟。

“所以，”他吞了吞口水，“所以我想我也许是想跟她变得亲近些。”

“你是为了能跟她亲近才搬到她对面的公寓里来的？”

“怎么可能！”荻原似乎很不愿意这点被人误会，突然抬高了声音，“当然不是这样的，完全是巧合。我有一天偶然看见她从对面公寓的房间里走出来，当时我还纳闷在哪儿见过她呢。”

“我之前就想问你了，所谓恋爱到底是什么？”我豁出去问了这个问题，“我一直都搞不明白。”

荻原正要站起来，听我这么问，他立刻又笑了，笑我居然会问这么可笑的问题：“千叶先生，你不是有女朋友吗？”

“那荻原你是怎么想的？对你来说，恋爱算是什么？”

“如果我知道就没那么麻烦了。”荻原这么回答我，接着说，“不过，打个比方说，如果能跟对方思考着同一件事，脱口而出同样的话语，你不觉得那是件很幸福的事情吗？”

“同一件事？”

“就比如吃了同样的食物之后会有同样的感想，喜欢的电影是同一部，会因为同一件事感到不高兴，这就是一种很单纯的幸福啊。”

“这是幸福吗？”

“要往大说，我认为这些全都属于恋爱的范畴。”荻原笑着说，“像我，很高兴能和她住在同一条街上。我想这算是我们价值观接近吧。”

“但是，”我回想起以前碰到的好几个人类，“恋爱总是很不顺利的吧？”

“不，也不一定。”荻原像是要反驳，却停住了，大概他自己也是这么想的，“嗯，基本上是的。”

“是吧？”

“但是，就算不顺心，有那样的体验也是值得高兴的。”

“是这样吗？”

“就像千叶先生说的那样，人生苦短。与其一无所有，还不如有一些体验。不是经常有这种说法嘛，虽然不是最好，但也不会最糟糕。”

“所谓退而求其次吗？”我格外喜欢这句话。

“意思有点不一样，”荻原笑着回答，“但也差不多吧。”

我站起身，伸手指向天花板，确切地说，我是在用手指追逐着流淌在店里的音乐。“这是什么曲子？”

“巴赫的，”没想到他竟然知道，“大概是无伴奏大提琴组曲吧。”

“大巴赫吗？”我脱口而出。叫巴赫的音乐家有很多，其中最出名的那个被人称为“大巴赫”，我很喜欢这个称呼。“真好听。”

“我也很喜欢。”荻原拿起桌上的账单，说由他付账，“优雅而感伤，如微风又如暴风雨的曲子。”

这描述和我的感受不谋而合，我感动地回应：“是啊。”

荻原走到收银台结账，店员亲热地同他搭话，看来也是认识的。我远远听到那个身材高挑、有着一双大眼睛的女店员在向他抱怨：“荻原先生，你为什么总是戴着这么土的眼镜呢？真是糟蹋了。”

4

第三天，我发现荻原被古川朝美误会了。

那一天的早上，我依旧算准时间在公寓的一楼与荻原碰头。仍然下着雨，但好在只是沥沥小雨，灰色的柏油路也仅是被雨水打湿成蓝色。前往车站的路上，荻原一直显得很开心，想必是因为看见古川朝美就在前面。“今天古川朝美在哦。”我这么一说，身边的荻原害羞地垂下了眼。

“早上好。”一抵达车站，荻原立刻向前面正在收伞的古川朝美打招呼，接着问她，“昨天是休息还是有什么事情吗？”

古川朝美朝这边瞥了一眼。

“一直都会在这里碰到你，所以我担心昨天你是不是发生什么事了。”

“我说……”古川朝美的声音有些颤抖。

“嗯、嗯。”车站没有别人。

“我说，请你不要这么做了。”古川朝美的眼神有点躲闪，但语气却很坚定。

“什么？”

“请不要再打电话了，好吗？”她一鼓作气地说，像是用尽了所有的勇气，身体还兀自颤抖。明明不应该感觉到冷的。

公交车进站了，车门打开得似乎比平时更为顺畅。古川朝美急忙上车。

“啊……”荻原茫然若失，站在原地一动不动。

“你不上车？”我在他耳边低声问。他不像是被死神的耳语所惊到，而是像被兜头浇了一盆冷水，蓦地回过神来，慌忙上了车。

坐在中间位置的古川朝美像是不想和荻原打照面，一直盯着窗外看。而在后面坐下的荻原一脸惨白，面无血色地发着呆，我觉得他好像就快死了。

荻原一直沉默着，没了生气，精神恍惚，忘记了身边有我的存在。这可不妙，我还打算和他多聊一阵呢，照这个情形，想让他开口说话都得费点功夫了。

不久，公交车在博物馆前站停下，古川朝美站起身，往下客门走去。眼见她即将下车，我赶忙站起来大声说："喂，走吧！"

荻原睁圆了眼，不明白发生什么事了。我强行把他拽了起来："去追她啊，问清楚她为什么生气，就现在！"我说着冲向正要合上的车门。

不用说，古川朝美自然是一副烦不胜烦的表情，她撑着伞，转向追在她身后的我们，丝毫不掩饰不悦、戒备和厌恶，嘴角颤抖着问："你们有什么事？"

这是我第一次近距离地正面看古川朝美。短短的头发，圆圆的脸，白白的皮肤，细细的眉，鼻子小巧玲珑，嘴角边有一颗痣。

"我们是想来化解误会的。"本来是应该让荻原亲自跟她说，但荻原好像还没有准备好，在一旁直喘气，出于无奈，我只好代他出马，指着荻原说，"应该说是他一定要来解释清楚的。"

"那个……我……要去上班了。"

"非常抱歉。"荻原连忙开口，"我还没有好好地介绍自己。那个，我住在你对面的公寓里，我姓荻原，今年二十三岁，在服装店里工作。因为经常在车站碰到你，所以自作多情地认为跟你算认识的……"他后半段说得含糊不清、语速飞快，恳切地希望古川朝美能听他解释，

“那个，是不是我做了什么不好的事情？”

“啊，不是的，那个……”古川朝美有点动摇，像是受到荻原的影响，也自我介绍说，“我姓古川。”接着点头致意，又告诉我们她二十一岁，在附近的电影发行公司工作。

“请问，为什么我只是跟你打个招呼，却让你那么生气？”

听了这话，她看了看手表，慌张地回答：“不好意思，最近发生了一些事……”她说得很快，眼睛东张西望，“可能，是我有点被害妄想症吧……我认定荻原先生就是打电话给我的人……”

“电话？”

“最近总有人打骚扰电话给我，不好意思。”她点了点头，然后一边看表一边对等着进一步解释的荻原说，“我必须得走了。”

看来不像是假装的，我没觉得她是在找借口摆脱我和荻原，而荻原似乎也感觉到了这一点，小心翼翼地问：“这样的话，明天是星期六，如果方便，能碰个面把事情告诉我吗？”

“但是……”她霎时间又慌了，“我约了人了。”

“在那之前，只要一点点时间就好，把事情……”

“为什么我非得告诉你？”

没错，她的确没有义务向荻原解释清楚这一切。我都觉得不合逻辑。但荻原却说：“因为我被冤枉了嘛，所以至少应该让我知道这到底是怎么一回事吧。”然后又说，“如果你对我还有所戒备，不愿意跟我单独碰面的话，你也可以带朋友一起来，我也会叫上他。”说着他指了指我。他的指定突如其来，完全不知会我一声。也罢，反正我正求之不得。

5

第四天，我陪着荻原去同古川朝美见面。

“千叶先生，让你抽空出来真是不好意思。难得的休息日，还让你陪我。”坐在约好的咖啡馆里，身边的荻原向我致歉。店外的空地上有一排桌椅，称为“露天咖啡馆”，但是因为下雨，并没有开放。

“没有关系。”我面无表情地回答，“倒是荻原你自己，向店里请假没关系吗？”

“我拜托过店长了。被她数落了好久，不过算不得什么。”他笑着回答。他的语气听上去还比较平静，但今天的他还是感觉比平时兴奋一些。不久，古川朝美出现了。

“我一个人来的。”她垂着眼坐在我们对面。她穿着一件红褐色外套，看上去比在车站碰到的时候更为纤瘦。“我没什么朋友。”她笑着说。她的神色并没有什么不满，也没有自暴自弃的样子，而是一派怡然自得。

一旁的荻原抿着嘴唇，显然是在强忍着不说话。我估计他大概是想问“你有男朋友吗”之类的，但他总算还冷静，知道控制自己。

点了三杯奶咖后，古川朝美直接进入了话题：“大概是一个月前吧，有人从一个叫芳神建筑的地方打电话来。”她用手指蘸了下杯子边的水滴，在桌上写出“芳神”两个汉字。

“从没听说过呢。”荻原摇头。

“那人连自己是谁都不说，就问‘您先生在吗’，给人的感觉很不好。然后我就回答：‘我是一个人住的。’”

“不可以回答！”我忍不住插嘴。

“啊？”两个人一齐看向我。

“其实我以前听说过这种事情，这是恶意推销。”说实话，我自己以前就曾在这种恶意推销公司里干过。作为工作的一环——为了调查一个在那种公司工作的男人，我在那里和他一起工作了七天。“这种人就是为了从你嘴里套信息出来，所以你最好不要跟他多废话。”

“果然是这样啊。他没有说他的名字，不过听上去是个年轻人，说起话来真让人生气。”

“让人生气？”

“我说我不想买房子，然后他就说‘什么？你竟然不想买房子’，好像我是个白痴一样。还说‘你知道一直租房子住会有什么结果吗’。我就跟他说‘我可不需要推销’。他还坚持说：‘我可不是推销。’”

“说到底还不是来推销的。”荻原像是自己在跟那个打电话的舌战一般，充满激情，“但是，他们是怎么查到古川小姐的电话号码的呢？”

“我也问了。然后他说：‘我就是保持前面的区号和局号不变，然后逐一增加数字来拨号[①]。然后今天，我一共打了一千零九十七个电话才打到你这里。’”

“那他应该不知道古川小姐的住处和名字吧。”荻原提高了声音。

“是的。”她回答，听声音却一点也不开心，“那个时候的确是。”

“那个时候？”荻原注意到这个词。我也注意到了。

---

①日本的电话号码一般由区号加局号加接收电话的号码组成。

“那个人怎么都不肯让我挂电话。我说我很忙，他就问那什么时候方便。”

“如果回答说什么时候都不方便的话，他就责问你：‘那你说刚才忙是骗人的喽？’”听我这么说，她显得很震惊：“你怎么知道？”

因为在我工作的时候，他们也教过我这个步骤。“这种工作全都有指导手册的，上面都是对方怎么说这边怎么回答的策略。让对方有罪恶感也是其中一个手法。”

“的确是这么一种感觉。”

我想起以前负责调查的一个女子也因为电话而烦恼过。她的工作是接听投诉电话，被一个点名要她接听的投诉客人骚扰得无法忍受。那个打电话的人的身份最终出乎意料，但这次这个人的目的，毫无疑问是恶意推销。

“那这种电话就应该立刻挂断吧？”荻原问我。

“是的。”我根据经验回答，“不过这种时候，对方会再打过来，你一旦接起来，他就会威胁说：‘你再挂电话我就直接到你那边！’”

“这不是恐吓吗！”荻原的语气变得尖锐起来。

“他们才不管什么恐吓不恐吓呢。本来法律上就规定推销电话一旦被挂断便禁止再次拨打，禁止二次推销。”为什么要由我来教人类相关法律知识呢？“他们完全不放在心上，因为他们本来就是抱着‘我就犯法了，怎么着’的态度去工作的。最好的办法是，挂断电话，然后把电话线拔掉一段时间。”

这时，古川朝美深深地叹了口气，脸上浮现出后悔的神色。“我最后却没能挂掉电话。”

“说了很长时间？”

她点点头："是的。"

"就我听到的说法是，"我解释道，确切地说，应该是我以前的做法，"他们有一本电话号码清单。然后从第一个开始拨打，如果对方接听了，就把对方的性别、年龄、姓名、家庭成员写在旁边。"

"我跟他们说的都是假的。"

"但是，他们还会写上交谈的时间。就是从接电话到挂断一共多少时间。"

"会这样吗？"荻原似乎也是第一次听说这种做法。

"是的。然后，接听电话时间比较长的人就成为他们再次推销的目标。"

"通过时间判断？和通话内容无关？"

"比起立刻就挂电话的人来说，愿长时间交谈的人比较有机可乘。就算是闲聊或者争论，只要时间越长，对方的态度就越有可能改变。"

"所以才……"古川朝美低下了头。

奶咖送上来了，我们暂时停止交谈，等着服务员先把饮品摆好。

荻原拿起杯子喝了一口后问："所以才……意思是说，他又打来了吗？"

"是的。"古川朝美又长长地叹了口气，"就在四天前，同一个人用同样的语气重复了同样的话……"

"你又听他说了？"

"事情麻烦了？"

"不太好。"我说，"如果能够坚持断然拒绝，应该还能有点转机，虽然麻烦是麻烦了点。"事实上，我在那里干活的时候，就有人因为我所负责调查的那个人反复打电话而不小心泄露了自己的地址，公司就派了好几个人去那里，强迫对方签署了合同。他们的想法就是这样：只要能见到面就等于能签约。

“古川小姐，你有没有说过什么不该说的？”荻原担心地问她。

“没有，我没有告诉他们名字和住处，但是，说着说着……”说到这儿，她好像突然因为害怕而结巴了，接着又像是要稳定情绪般眨了眨眼。

“说着说着？”

“他说话的感觉突然变了，对我说：‘你真可爱呢，真想见见你。’”

“这算是改变策略吗？”荻原皱起眉头望着我。

“感觉他的态度一下子来了个一百八十度的大转弯。他还说‘签约的事情让它去吧’。我觉得很害怕，正想要挂电话的时候，他突然说‘我很快就能知道你住在哪里了’。”

“但是，他不是只知道电话号码吗？”

“我也是这么说的，但他却笑着回答‘我自有办法’。那笑声好恶心啊。我以前听说过通过互联网输入电话号码可以查到地址，所以问他是不是这样，他却说：‘有更简单的办法，不费吹灰之力。’”

“这是胡扯吧。”荻原的眉头已经皱得跟小山似的，“说不定只是在吓唬你。”

“我也是这么想的。根据局号大概能够确定是哪个区域的，但想要更详细的信息应该就不可能了吧。所以我告诉自己不用在意。没想到三天前，我晚上回到家，却听见了一通电话录音。”说到这儿，古川朝美的脸颊抽动起来，“是那个男人的声音，他说‘我知道你住哪里了’，然后描述了我住的公寓的外观。还真被他说对了！所以我非常非常害怕，睡都睡不好……”

“所以你前天没有去上班？”我抢先问她。

“是的。”她像是一个已然成为惊弓之鸟的残兵那样耸了耸肩，“没错。”

“那么昨天早上我跟你打招呼的时候，你那么生气是因为以为我是那个打电话给你的男人？”

“对不起。”古川朝美的肩膀耷拉得更低了，“我开始疑神疑鬼，所以看谁都觉得可疑。荻原先生一直都跟我打招呼，又住得很近，当然知道我住在哪里，所以就……”

“那没办法，谁都会这样的。”荻原倒也不像是在故作大方，“过分警惕总比毫无防备要好。”

“仔细听起来，荻原先生的声音和打电话的那个人完全不一样。”古川朝美小声地说着，并没有要辩解什么的意思，然后害羞地笑了。

“能够消除误会真是太好了。”荻原抚了抚胸，马上又补充说，“不过，你也不能这么快就相信我。这么轻易地相信别人也很危险哦。”

“啊，”古川朝美微笑，“说的也是呢。”

然后，他们像是完成了一场讲究的正式仪式一样，无拘无束地聊了起来。在我看来，原本绷在他们之间的那根弦正渐渐地松弛下来。

他们的话题一开始无关痛痒，净是些每天乘坐的公交车的驾驶员是乱来还是太谨慎，接着渐渐聊到了彼此居住的公寓的优缺点。坐在一边的我完全没必要插嘴，只要专心倾听就好——应该说，我主要是在欣赏着店内播放的爵士钢琴曲。

“荻原先生，以前我们有没有在什么地方见过？”交谈告一个段落之后，那根紧绷的弦愈发松弛了，古川朝美这时问了荻原这个问题。

荻原很平静地说："不，没有。"又问，"你是说除了车站以外？"

"嗯，我是说在别的地方。"

"我不记得我们见过。"听他这么回答，我突然想起，他们分明在服装店特卖会上见过。荻原却拿手指戳着自己的表问："不过，古川小姐，你时间来得及吗？不是说今天有约吗？"从他突然转变话题的态度来看，我明白，他并不想触及在服装店发生的事。但我不明白是为什么。

"啊……"古川朝美有点难为情，右脸的肌肉尴尬地抽动着，眼珠不安地左右来回转动，"那个其实是骗人的。"

"骗人的？"

"其实我双休日一直都有空的，昨天是我说谎了，对不起。"她接连低头致歉，害得我担心她垂下的刘海会不会浸到奶咖里。

"不，"荻原愉快地回答，"这算不上是说谎。"

"哎？"

"以前我看过一部电影，里面有这样的台词。"

我意识到接下去的内容应该就和前天说给我听的一样，因而感到一阵难为情，像是准备要看一场已经知道窍门所在的魔术一样。

"'谎言和失误极其相似'，然后是——"荻原顿了一顿，正欲说出后面的台词，不料古川朝美却抢先接了上来："'精妙的谎言看起来就会和失误没什么不同'，是吧？"

"啊……"荻原惊讶得一瞬间停住了呼吸，半晌才费力地回应说，"古川小姐也看过这部电影啊？"

"是啊，我很喜欢那部电影。"她很有兴致地点头。

然后，他们两人不约而同地说出了那部电影的名字，随即像是被那种默契所感动似的笑了。我静静地旁观着这一切，脑中掠过荻原的那段话："如果能跟对方思考着同一件事，脱口而出同样的话语，你不觉得那是件很幸福的事情吗？"

6

第五天，我了解到荻原坚持戴眼镜的原因。

我又一次来到前几天跟荻原一起去过的餐厅。因为是星期天，餐厅里很热闹。我坐在窗边视野很好的位置上啜着咖啡。

"啊，千叶先生，你怎么会在这里？"

荻原从前方走近，吃了一惊，我反射性地看了一下手表，现在是傍晚五点。

"我正好想来这边休息一下。"荻原的声音听起来有些兴奋。他依旧戴着那副眼镜。和他一起来的还有那个长睫毛店长，她冲我点了点头，说："哎呀，你不就是上次那位？"

"既然这么巧，就一起坐吧？"荻原说。我没有同意也没有拒绝，荻原也就不客气地坐在了我对面。那店长似乎是想坐在别的地方，因此一脸不情愿，但最终还是坐到了荻原身边。

"今天你是来做什么的？啊，说起来，你还没有帮女朋友选好衣服吧。"荻原的口齿很伶俐。

"是啊，不过，今天我只是来听这个的。"我伸出手指朝上指了指，和几天前来的时候一样，播放的依旧是大巴赫的大提琴曲。

“我说，发生什么事了吗？”店长对我夸张地眨了好几下眼之后，将脸凑近我。

“什么意思？”

“今天荻原好像心情很好，忍不住哼歌呢。”

“是嘛。”我点头。

“果然有事发生？”

“什么事都没有。”荻原像是怕麻烦，慌忙否认，随后对我使眼色，加重语气说，“是吧？”

“真的吗？难道不是有什么好事吗？”

我想起了昨天的事情。我们在咖啡馆同古川朝美见面，听她说完有关恶意电话推销的事情后，还闲聊了一会儿。那算是好事吗？但不可否认的是，荻原开朗的表情一定都是为此。

“言归正传，你到底拿到票没有？”荻原问店长。

“我说，你可是在求人办事呢，难道就不能来点更性感的声音吗？”

“怎样才算是性感？”

“至少得把这副老土的眼镜给摘掉吧。”店长伸出两根手指，作势就要戳向荻原的镜片。

“不要。”

“那我就不给你票。”

“就是说，你拿到票了？”荻原开心地加重了语气。

“什么票？”我不怎么关心地问。

“话剧的门票。”荻原解释道，说是一个很受欢迎的剧团将要公演，一票难求。

“这玩意儿是不是也要排很久的队才能买到？”

“排队？”店长笑了，“也是，一般的确是要排队才能买到的。不过我在那个剧团有关系。”

“你真的拿到票了吧？实在是太谢谢了！”荻原兴奋地说，然后掏出钱包问，“是两张吧？一共多少钱？”

“才不会这么白白给你呢。”店长哼了一声，瞪着荻原，眼中充满了挑衅，也可以说是幼稚的光芒。

“所以我说要付钱啊。”

“不是钱的问题啦。放心，票我肯定卖给你，可你得告诉我你要跟谁一起去看。”

“不说。”荻原马上回答。

“这算什么啊！那你告诉我为什么你不肯摘眼镜吧。”

我冷眼旁观着这两个人在那里讨价还价，反正我只要能够听大提琴曲就满足了。

店长这时却突然要来拉拢我。“千叶先生，你也想知道的吧？”

我慌忙不置可否地应了一句：“算是吧。”

看来店长是铁了心不想让步，而荻原似乎本来就没有打算刻意隐瞒，过了一会儿，他低声说：“因为我不喜欢。”

“不喜欢什么？”

“我以前也说过，就是我不喜欢靠外表吸引人。”

“你的意思是，你其实知道自己长得很帅？”

“也不是……嗯，算是经验之谈吧。”荻原打着马虎眼，然后又强调，“总之，总之我就是不喜欢。我一直到二十三岁才发现，之前跟我交往的女孩子都只是喜欢我的外表而已。”

“那不挺好？”

"但是，她们喜欢的不是我的本质啊。"

"外表同样是你的本质啊。"店长毫不留情地反驳，"这不过是你一厢情愿的想法而已，或者说是任性吧。你就因为这个戴眼镜？为了让自己看上去丑一点？"

荻原垂头丧气地点了点头："总之，我想让人先从这样的外表开始认识我。"

"你打算靠这副外表找女朋友？"

"是的。"

听到这里，我恍然大悟，他之所以不肯向古川朝美讲明自己在那家店里工作的事，原来是不想让她看到自己不戴眼镜的样子。

"但是……"店长瞠目结舌，深深地吐了一口气，从外套的口袋里拿出一只小信封，信封里应该装着门票。"但是，就算是长得帅好了，其实也就是年轻的时候嘛。趁着年轻拿外表当武器也没什么不好嘛。等你老了，就算不戴眼镜，自然也会变得土里土气的。"

听到这话，我不由脱口而出："不会啊，谁能保证他能活那么久。"

荻原双目圆睁，凝视着我，没有生气，也没有笑，一副不可思议的表情。过了好几秒钟，他才黯然地应声："你说得没错。"

7

第六天，我注视着荻原重新油漆房门。

星期一的早上，我走出四〇二室的时候，几乎同时，荻原也出现了。他似乎正好锁上门。然后，他与平常一样望向古川朝美住的公寓。我的视线也跟随他望向那边，然后泄气地发现，雨依旧没有停。

“啊！”荻原忽然叫出声，我忙靠近去看发生了什么事。

“千叶先生！”他觉察到我的靠近，眼神却没有从前方移开，“你看那门。”他伸出食指指向前方。

我又一次将目光投向对面的公寓，望向古川朝美的房间，然后，我也发现了。“是字。”我小声说。

“不知道写的是什么。”荻原说话像在呻吟。

古川朝美的房门上有好几个鲜红的大字，像是用粗毛笔或者别的什么刷上去的，不是很好辨认。

“太过分了！”荻原愤愤地说，“我过去看看。”说着就跑向楼梯。

我也追了上去。荻原或许看不见，但我能清楚地看到门上的字。那是一行横写的涂鸦，向右上角歪斜着：“发现古川家。下次再会。敬请期待。”那几个字扭曲如几何图形，很难看。

荻原飞也似的冲下楼，转眼就到了一楼。也许是为了防止眼镜掉落，他好几次伸手去摸鼻子。一冲到地面，他马上就跑向古川朝美所住的公寓楼。

跑到门口，正好有电梯到一楼，我们赶紧冲了进去。他显得很焦急，按了好几下才按到四楼的按钮。然后，他弯着腰，手搭在膝盖上，大口大口地喘着气。“千叶先生，”他一边痛苦不堪地喘气，一边看着我感慨地说，“你一点都不累呢。”

“是吗？”为了不让他生疑，我也装模作样地做了三下深呼吸。

到了四楼，正好看见古川朝美呆呆地站在自己的房门口。她面色发青，嘴唇颤抖，害怕地看着自家的房门：“这是……”

荻原走到房门正前面，读出了那几个字后，立刻愤怒地骂道："这算什么！"

"果然……"古川朝美抬头望着荻原，"果然，我住的地方还是被他们知道了……"

"你什么时候发现的？"我问。

"就刚才，昨天晚上回家的时候还没有这些东西。"她回答。

是半夜画上去的吧。

"他们要干吗?！"荻原在走廊里来回踱步，满腔的愤怒与不安无处宣泄。

"对不起。"古川朝美感到很抱歉，低头盯着自己的手指尖。我完全不明白为什么她要向我们道歉，相信是无法用常理来解释的原因吧。

"报警吧。"荻原说，"至少，胡乱涂鸦也算违法行为。"

警察也不过是例行公事而已，虽然他们的确表达了对古川朝美的同情，但是，在听取了事情的来龙去脉之后，却只是说："我们会加强深夜巡逻，但是不可能进入公寓内部巡查。如果有什么可疑情况，请再联系我们。"草草地说完，就回去了。古川朝美把有关恶意推销电话的情况对他们做了说明，但无法提供确切的证据证明房门涂鸦事件跟他们有关系。警察也只得感叹："想要指证这种公司是很困难的。"

住在隔壁的人们围了过来，有的惊叹"哎呀"，有的尖叫"好恐怖"，有的提议"装个监视摄像头"，还有人回忆或猜测"听到过声响"，但不过一小时，他们也都纷纷闪人了。人类总是这样，明明都感到不安害怕，却怎么都不肯拿出实际有效的改善措施。

门前只剩下我们三个，时间已近正午。古川朝美和荻原分别打电话向工作的地方请了假。

“一直让你们陪着我，真不好意思。”虽然事情并没有什么转机，但古川朝美的情绪总算稳定了下来，脸色也比刚才好了很多。

“啊，我没关系。”

“我该怎么办才好呢？”古川朝美走投无路地说。

不知沉默了多久，荻原率先打破了僵局。“这样吧！”他像是在自言自语似的朗声说道，接着又轻轻地拍了下手，“我们先把门重新刷一遍吧。”

“什么？”

“看到这些东西就生气，先把它们抹掉吧！千叶先生，怎么样？”

问我有什么用，我想。我无奈地回答：“就这么办吧。”我也没有理由去反对。

把门重新粉刷之后，我们在古川朝美的房间里吃了一顿比萨，比萨是从专门送外卖的店里叫的。我从来没有叫过外卖，于是自告奋勇提出要打电话订餐，然后向荻原详细询问了叫外卖的流程。

荻原很惊讶地说：“千叶先生还真是个怪人。”

拨通电话后，因为荻原叫着要大吃一顿，所以就点了配料丰富的大尺寸比萨。

芝士会滴下来，所以这比萨我是吃得手忙脚乱。其实我没有味觉，又没有食欲，进食对我来说只是一种机械式的作业，但我依旧没什么感情地赞叹道：“真好吃啊。”

吃比萨的时候，谁都没有提起房门涂鸦事件和那个打推销电话的人。我只是静静地吃着食物，荻原则倾听着古川朝美谈论公司的事情，最后她黯然神伤地告知她的父亲早已经过世。

“啊，对了。”吃完比萨，收拾好碗碟之后，古川朝美突然想起了什么。她打开小包，从中取出细长的纸片放到了桌上，然后无视我的存在，直接推到了荻原面前。“这个，是我朋友多出来给我的。”

我从荻原的身侧探头过去，看向那纸片，然后，和荻原同时发出一声惊呼。

荻原扫了我一眼，说：“这个，我很想去。”

“真、真的吗？”古川朝美惊喜地问。

“喂。”我忍不住要指出——没办法，谁让我昨天看见他从店长那里要来那两张票呢？“荻原，这票你不是已经有了吗？”

“啊……”荻原像是看见部下犯了错，又像是突然遭到伏兵刺杀一般，懊恼地叹道，“你怎么说出来了……”

“哎？”古川朝美看看我，又看看荻原。

“不是的……”荻原动了动嘴唇，想要说些什么却又说不出口，经过一番挣扎后终于放弃了，从口袋里拿出了信封。“其实……”他打开信封，从中抽出两张门票，也放到了桌上，“我也是昨天弄到的。”

“啊——”古川朝美的声音拖得老长，“这样啊。”

“因为我想……”荻原小声地说，“想请古川小姐一起去看……”

“哎。”

“看来你们想到一起去了。”我没什么眼力见儿地说。

“好像是这样呢。”荻原笑逐颜开。虽然他戴着眼镜，我不敢断定，但相信镜片后的一双眼睛已经眯成了两条线。

古川朝美的表情也差不多，她微笑着说：“是呢。”

而我在意的却是：两个人都能搞到的门票真的会很难买吗？

8

第七天，我提交了有关荻原的调查报告。

接到通知是在周二下午七点。我走出房间，眺望着窗外灰暗的天空。雨细细的，绵绵的。

不经意地望向对面的公寓，古川朝美的身影赫然映入眼帘。她正从四楼的走廊走向自己的房间，身后跟着荻原。远远地看过去都能感受到他们轻快的步伐。是约好下班后一起回家的吗？两人的亲密程度显然正在步步加深。我突然想到，原来，这就是所谓顺利的恋爱呀。

这时，我的电话响了，是工作电话。我才按下接听键，对方立刻就问："情况怎么样？"

"调查完毕。"我回答，"结论是'可'。"

"唔，我猜也是。"对方说。

"这是我认真调查后得出的结论。"

"大家都这么说。"

9

然后就是今天——第八天。我蹲在地上，荻原就倒在我的身旁喘息。从他弱不可闻的话语里，我了解到事情的大致经过。

原来今天服装店休业，荻原出门的时候正好看见有一个男人闯入了古川朝美的家里。那个人毫不费力地开了锁。荻原慌忙赶了过去，和房里那个拿着菜刀的人扭打在了一起，那人刺中荻原后就逃跑了。事情大致就是如此。

“我们扭打在一起的时候，他应该也受伤了……得赶快把他抓起来……”他说。

我回答：“放心吧。”这并不是在安慰他。在来这公寓的路上，我看见警察制伏了一个男人。那人倒在柏油路上，手臂被牢牢地摁住，相信那就是荻原所说的人。估计是由于他浑身沾满了荻原的血，引起了警察的怀疑。好像就是在他嚣张的时候被制伏了。

我把这事情告诉荻原以后，他立刻露出了安心的神色，随后感叹：“唉，好不容易马上就能……”他说着费力地挤出一个小小的微笑。

“马上就能怎么样？”

“恋爱啊……”

“不好意思。”我老实地回答。

我的话想必他根本没听进去，荻原竟然又说：“不过，还是这样好……”

“好？”

“就算没有今天的事……我也活不了多久了……”他像是在自嘲。

“什么意思？”

“癌。”荻原硬生生地扯回已经逐渐迷茫的神智。

“枪？”我以为是什么手枪。[1]

①在日语中，“癌”与“枪”发音相同，均作“ガン”。

“说是最多还能再活一年……不过稍微快了点……”

“什么意思？”

“不过，与其死于癌症，还不如像现在这样为了喜欢的人而死……”他的声音断断续续，“如果一定要死的话。”

“人类一律要死。”

“我是不想死啦，可反正要死……”他的目光已经涣散，“这样谈不上最好，但也不是最糟糕。”

我站起身，俯视着荻原。原来他已经被癌细胞所侵袭。我突然想起了“重新粉刷”这个词语。或许是我们死神在他死于癌症以前自说自话地将其死因重新粉刷了。因为我们跟病死、自杀并无关联，所以这个说法可以成立。

不知不觉中，荻原咽下了最后一口气。

我环视了一圈房间，准备出门。突然，我的目光被垃圾袋里的比萨盒子所吸引，脑中灵光一闪。我想起了前天晚上我打电话给比萨店叫外卖时的情形。

当时，电话那头的店员首先说“请告知您的电话号码”。我告诉他们以后，对方就确认“是古川朝美小姐吧”，然后还报出了地址。想必他是看到了登录在电脑上的信息吧？难道说，那就是所谓“通过电话号码查住址”的办法？我思考着，通过局号大致确定区域之后，再打电话到这附近的比萨店，这样，问到记录有古川朝美信息的店家的可能性就很大。

“是吧？”我问荻原。

他没有回答。

10

见证完毕后，我的工作已经全部完成，原本是打算立刻回去，却看见了正从公交车站步行而来的古川朝美，于是走到她身边打了个招呼。她正撑着伞，怀里捧着购物袋。

“晚上好。”她对我微笑，周身散发着幸福的光彩。

“这些是打算用来做晚饭的吗？”我指指她拿着的袋子。

“是的。”她脸红了，“荻原先生说过会儿来我家吃饭。”

“这样啊。”我正打算走人，却突然想到一件事，“对了，你知不知道一家距离地铁四站地的服装店？”我问她，顺带说出了荻原工作的那家店名。

“知道啊。”她点点头，拉了拉身上外套的领口，“这件就是在那里买的。”

“在特卖会上？”

“本来是很贵的，打折以后才买的。”

“这件难道不是所谓的……”我想起荻原告诉我的那个词语，“非特价品？”

“你怎么连这都知道？”古川朝美有点惊讶，接着说，“你真了解行情，本来这件衣服的确是非特价品。”

“本来？”

“我第一天去的时候这件衣服是不打折的。但是店员告诉我‘说不定到最后一天会打折’。我再去的时候真的就便宜了，真是好运。”

“的确很幸运。”我不带感情地回答，一面想象着真相。可能是荻原自己帮她支付了一部分钱吧。然后在最后一天，瞅准她去的时候，把打折的标签贴了上去，是吧？莫非这就是荻原所说的“谎言”的真相？“原来如此，”我低喃，“看起来就会和失误没什么不同。”

“你说什么？”

“没什么。那么，你记得那个店员的样子吗？”

“记不得了。”她干脆地摇头，“我不是很擅长记住别人的脸。”

“是吗。”我下定决心这次一定要走了，却又无意中瞄到了她包里放着的耳机，忍不住问她，“音乐！你在听什么曲子？”

“啊，这个吗？巴赫的。”她立刻回答了我，“无伴奏大提琴组曲。我很喜欢这曲子的开头部分。”

我内心再次大吃一惊，说：“荻原也这么说过呢。”

“是吗？”她显得很高兴，“优雅而感伤，很奇妙的感觉呢。”

“如微风又如暴风雨的感觉？”

“是啊。”

“荻原也这么说过哦。”

“真的吗？”她兴奋得几乎要一跃而起，然后她说，“我是这么觉得的，如果能跟对方思考着同一件事，脱口而出同样的话语，那将会使我感到幸福至极。”

“是啊，这个荻原也说过。”

她的脸上写满了笑容，急切地表示要走了，可最后又问我：“对了，千叶先生，你今天碰到过荻原先生吗？”

“没有。”我这样回答。

这，也许并非失误，而是谎言吧，我想。

旅途中的死神

1

驶入有缓坡起伏的六号国道，车辆的行进速度渐渐放慢。由于只有一条车道，即使是一辆轻型卡车，都有可能立刻引发交通堵塞。前方的货车司机一直踩放着刹车，而我从刚才也时上时下地反复扳动排挡杆，但最终还是双双停下了车。雨水在挡风玻璃上滑过，形成了一道道的花纹。现在是傍晚六点，天色已是一片昏暗。

“我说，你算什么人啊？竟然跟没事似的。”坐在副驾驶座上的年轻人说。由于他的头一直靠在左边的车窗上，我还以为他睡着了。他的黑头发快盖到耳朵了，细长上吊的双眼看起来有点像小爬虫。

“你醒啦？”

这个年轻人姓森冈，一天前刚在东京的闹市街上杀了人，但此刻他瞪着我的表情，却仿佛我是个怪物。“我说我杀了人，你不相信吗？广播你总该听到了吧？”

几小时前，当车子正开过水户市的时候，广播里传来了整点新闻。森冈面无表情，同时又多少带着点炫耀与苦涩地指着收音机对我说：“这个，是在说我。”新闻说昨天晚上在涩谷，两个年轻人发生了争执，其中一人持刀刺伤了另一个。被刺伤的年轻人虽然被及时送到医院救治，但终因失血过多而死亡，而动手的那个年轻人目前尚在逃亡中。“我就是那个把人刺死的年轻人。”他又说。新闻里随后报出凶手的姓名：森冈耕介。

“你好像一点都不怕我嘛。”

“怕。”我随口胡扯。说实话，我更怕的是森冈的说话声会害得我听不清收音机里的音乐。

“从我上你的车开始，你就一直这样。”

“为什么你会上这辆车？”

“碰巧。你碰巧因为红灯停在那里，车门也没锁，而且……”

“而且？”

“我在电影里看见过这种车，一直都很想坐坐看。”森冈有点不好意思地转开视线。

“在死之前？”我拿出死神该有的态度问他。

尽管他脸上掠过一丝愕然的神色，但还是“嗯”了一声，点了点头。“是啊，在死之前想坐一次看看。”

所以，他们才会准备一辆这样的驼色小汽车给我吗？情报部给的指示是这样的：“开着这辆车沿国道前进，就能碰到这次你要调查的对象森冈耕介了。”

正如他们所说，森冈真的来了。今天上午十点，当我因为红灯停在与十六号国道交叉的十字路口时，森冈亮出沾满鲜血的小刀，上了车：“给我老实点，不然就杀了你！就这么往北开！”

“往北？”

“六号、四号、二八二号！”或许是出于亢奋，森冈的声音尖锐，连珠炮似的列举出国道线，“就这么一直开！不管你本来要去什么地方。你就当是倒霉，死了这条心吧！”

倒霉的是你吧，竟然被死神挑中了——我很想这么告诉他。

2

车终于再次前进。不知是下雨还是天色昏暗的缘故，路面一片漆黑。我踩下油门，车轮驶进积水。雨刷唰地一摆，就像是魔术师在观众面前演示机关的那一瞬间。

“你叫什么名字？”森冈弯起膝盖将脚搁在仪表盘上。

“千叶。”我自报家门。

“多大？”

“三十岁。”

这次的我是一个三十岁的公司职员，身材中等，穿着藏青色的西装，普通得不能再普通。

“啊，这样。”森冈瞥了我一眼，“比我大十岁。那么我有问题要问你了。”

“什么问题？”

“你在这十年里做过什么有意义的事情没有？”

我不明所以地皱起了眉头。

“我如果再活十年，不就到你这样的年纪了吗？你有没有碰到过什么好事？”

“没什么特别的。”我大致能想象出人类在十年里能有多少体验，

“最多就是多了很多赘肉。”

“说的也是。”森冈像是放心了，“那么，也差不了多少吧？”

“差不了多少？”

“就算我的生命到此为止……”

“到此为止？”我大吃一惊。难道他已经预感到死亡的降临？

“被逮捕以后不就玩完了吗？就了结了。不过，就算能再多活十年，生命也不会变得有意义吧？”

“人真正活过的那段生命仅仅是一小部分。其余的部分不能算是生命，仅仅是时间而已。”

“什么意思？”

“很久以前我在工作时认识的一个男人这么说过。”那是距今大约两千年前的一个思想家。

“真有趣。”森冈第一次咧开嘴笑了，连连点头，“说得没错啊。那个被我捅了的家伙也没怎么好好生活。他那也不算是生命，不过是时间罢了。”

“话说回来，你为什么拿刀捅他？”前面的货车向左拐弯了，我踩下油门，拉近了与再向前一辆车之间的距离。车的左右两侧，是一片片的水田。

森冈看都不看我一眼，反而扭头望向窗外：“我不知道。”

“你们怎么总是不知道自己都做了些什么。”

“什么叫‘你们’？是想说最近的年轻人吗？少自以为是了。”

“不，我是在说你们人类。”

森冈叹了一口气，估计他已经在后悔怎么会上了一个这么讨人嫌的家伙的贼车。

“你们是在街上吵的架？”我说出自己的猜测。

“是因为刺伤了我老娘。”

“你是说对方？”我推测森冈是为了向对方寻仇。

“不是，是我刺伤了我老娘。”

“我不懂你的意思。”

“我回到离开一年的家，我老娘正在打电话。然后我头脑一热，把我老娘给刺伤了。”

“等等，你刺中的不是那个年轻人吗？”我指指收音机。我记得当时报的应该是“在闹市街上杀人”。

“那是后来了。”森冈更像是在自己整理思绪，“我刺伤了我老娘以后，脑子一片混乱，就跑出了家门。等我回过神来，已经到了涩谷。有个家伙笑得跟个白痴一样，我看他不顺眼，就上去揍了他。”

“因为看不顺眼就揍人，揍的时候就顺手拿刀捅过去了？”

“因为刚捅了老娘，脑子糊里糊涂的，也不知道是亢奋还是焦躁，总之就是非常生气，火冒三丈，等清醒过来的时候已经捅过去了。”

“那人就因为这种理由被刺死，还真是无妄之灾。”话虽如此，但归根结底，那个年轻人的死还是要追究到我们头上。毕竟，人类的意外事故或突发事件都跟我们死神有关。

相信这一定也是因为我某个同事在调查之后，递交了结论为“可”的报告。

“不过，照你刚才所说的，我终结的并不是那家伙的生命，只是他那无所事事的时间，对吧？那么也没什么大不了的。”

“你还真能顺水推舟啊。”我说。

他沉默了。

“那么，你母亲没事吧？”

“烦人！”

“就因为你母亲打电话，所以你拿刀捅她？你讨厌电话？”

“因为电话的内容很过分啊！”森冈的表情凝固了，一下子失去了血色，我甚至好像听到了嚓的一声。渐渐地，车流顺畅起来，看见了“宫城县”的路牌。

3

看来，就算是逃亡中的杀人凶手也会感觉到肚子饿。之前森冈一直嚷嚷着没工夫休息，此刻却拿“空着肚子什么都办不成”来当借口了。

车驶入宫城县不久，我们就进了昏暗的国道边上的一家很小的拉面店。柜台后坐着白发苍苍的店主，除了我们以外再没有其他客人。

我和森冈并排坐着吃拉面。一时间只听到扑哧扑哧的吃面声，谁都没说话。我没有味觉，所以不过是重复着将面前的食物塞到嘴巴里的动作。森冈吃到一半，却抬起头大喊：“大叔，好吃啊这面。好吃！”

“啊，是吗？”店主头也不抬地说，“那么，要吃光啊，别剩下。”

“这么好吃的面怎么会剩下啊。”

我不由自主地凝视着他的侧脸，一股不对劲的感觉油然而生，说不清是感动还是惊讶。迄今为止，我遇到的大多数人一旦犯下罪行，都会陷入一片愁云惨雾之中，就像背上背着沉重的石头或酒桶一样；也有人会显得焦躁或胆怯，甚至变得愈发凶残，总之，他们都会失去平常心。

但身边的森冈却表现得很自然。虽然也曾乱逃乱窜，有时候还表现得很神经质，但是在拉面店里，他却能轻松地跟店主打招呼。

我猜他是意识不够强，还没有切实地感觉到自己杀了人吧，所以还不能切实地把握自己目前的处境。可以说他是天真烂漫、无忧无虑，但同样也能说他是愚不可及。“缺乏想象力啊。”

森冈的嘴不动了，嘴里含着拿筷子夹进去的面条，瞪着我问：“你在说什么？”

我把视线转开，看到了一台电视机，斜放在柜台上方的架子边上，正好在播送新闻节目。我下意识地看了看表，已经是下午七点了。

新闻里正在报道森冈引发的事件，我没感到意外，倒是森冈，顿时脸色铁青，差点从椅子上摔下来，连勺子都拿不稳了。店主似乎并没有注意到这边的情况，只顾开着水龙头洗锅碗。我目不转睛地盯着看，感觉那水势恰似瀑布。

电视里的播音员念出被捅死的年轻人的名字，同时公布了死者的大头照：红头发、圆鼻子、长下巴，很醒目的一张脸。然后，镜头转到了案发现场涩谷的一条闹市街，具体地点就在一个十字路口旁边。

“犯罪嫌疑人森冈目前仍在逃亡中。”播音员继续说，“另外，警方还查明，在案发前数小时，犯罪嫌疑人森冈的母亲滋子女士也在家中被刺伤。”

我飞快地扫了一眼森冈的侧脸。

紧接着，屏幕上出现了森冈的大头照。照片上的森冈穿着校服，应该是很早以前的照片吧，比此刻我身旁的这张脸更显稚嫩。

森冈因为那张照片而显得十分惶恐，身体咯咯震动。他偷偷看了店主一眼，又把脸转开了，弄得碗里的汤不小心洒了出来。

“别紧张。”我用只有他听得到的音量小声说。

“啊？”

“你只要表现得自然一点，就不会被发现。那张照片跟你不太像。”我若无其事地小声回答。

森冈用力吞了一下口水，重新开始不自然地吃起了拉面。店主看起来一点都没有怀疑我们。

结账的时候，森冈迫不及待地想要快点离开。我一早就估摸到这顿饭会是我付钱，于是拿出了两人份的现金。

这时，店主叫住了森冈：“喂，你等一下。”

森冈停住了脚步，却迟迟没有回头。我饶有兴致地看着森冈和店主，猜测着接下去会上演一出怎样的戏。

森冈缓缓转过脸，脸上都抽筋了：“什么事啊？”

“真的很好吃吗？”

森冈一怔，面部肌肉慢慢松弛了下来：“是啊，很好吃。”

“那么，下次再来吃哦。”店主的白色工作服上污渍斑驳、焦迹处处，这点点痕迹所表现的正是他一路走来的岁月的厚度。他伸出的手指如树枝般微微颤动个不停。

“我们接下去要去十和田湖，来不了啦。”大概是放下心来了，森冈的口气又变得粗暴起来，而我也终于知道了目的地。

“回程再来不也行吗？”没想到店主居然如此执拗，“反正什么好吃啊之类的话也就是嘴上说得好听。”

这话似乎并不是在说拉面的味道，或是在与客人进行交谈，我觉得，那更是店主对其自身生活的感慨。

4

六号国道的尾段横跨阿武隈川，一过桥，就到了四号国道。我按照森冈的指示，等绿灯亮起的时候向右拐上了四号国道。

“你要不要开一开这车？”收音机里的音乐中断了，开始播放人类的无聊访谈，于是我百无聊赖地跟他搭话。

“我没驾照。”

“你没想过乘火车去吗？”

“我说，你大概不知道吧，十和田湖，尤其是奥入濑那一带，开车去更方便。”

“奥入濑？我要去那里吗？”

“吵死了。”

“很吵吗？那我说多小声你才不觉得吵？”我可不打算把收音机的音量关小，但要我放低嗓门是没有问题的。

“所以说你烦啊！”

“不走高速公路行吗？”我问出了刚才就有的疑问。如果朝北走，应该有专门的高速公路，不过是收费的。我还没有开车去过那里，但如果他这么要求，应该也没什么难度。

“高速公路啊……”森冈说着挖了挖耳朵。

四号国道是双车道，车流明显顺畅了很多。和刚才经过的道路相比，这条路左右两边多了很多华丽的灯饰牌，一派繁荣景象。依路牌所示，笔直前行将进入仙台市地界。

“走哪边都可以。”他模棱两可地说。他在进行心理斗争，既不想让人看到软肋，又像是下定决心要诉说心底的软弱，“虽然说最近的破案率很低，但照片都公布出来了，万一追起来，我也早晚会被抓住。”

“毕竟是杀人凶手嘛。”

“所以呢，”森冈有些懊恼地拧着唇，“我想快点把事情解决了，然后去警察那里自首。”

“你是说你有事情要做？”

“但是呢，”森冈眼底浮现出幽暗之光，“我又希望能拖多久就拖多久。真复杂。”

简而言之，森冈自己都不理解自己的心情。于是，为了争取更多时间，不用过早下决定，他最终还是选择了不走高速公路。

“说起来，这可是我最后的旅行了，自然是要尽兴啊，就是这道理。”

“你不反省吗？”我问他，“伤了母亲杀了人，却连一点想要反省的意思都没有，这样好吗？”

“你问我这样好吗……”森冈像是被这棘手的问题难倒了，皱着眉头说，“不过，我是没有什么好内疚的。像被我捅的那个，那种人死了会让谁感到困扰吗？”

“我是不会感到困扰的。”我很老实地回答，随后又补充说，“就算你死了，我也不会感到困扰。”

不知是出于恐惧还是迷惑，森冈从口袋里掏出小刀贴近我的腹部，刀尖上还残留着血迹。“你可别得寸进尺哦。你要明白自己现在的状况！”

“我觉得我很了解状况啊。我正载着你朝北开。这辆车是你想在有生之年乘坐一次的车，你要去十和田湖那里一个叫奥入濑的地方办件事。你想尽情享受这次旅行。这就是现在的状况。”

“你算什么人啊！”

“话说回来，”我突然有点好奇，“所谓的旅行是指什么样的行为？”虽然这个词我常听到，也大致了解说的是什么，不过还没有人类向我直接解释过。

森冈登时哑口无言，显得非常惊讶。“我不知道。”他漫不经心地回答，接着解释说，“就是移动很长一段距离，然后找个地方住，差不多就是这样。唔，然后嘛，就是观光之类的。那样就叫旅行吧。这种事还需要说吗？你是不是白痴啊？”

“原来是这样啊，受教了。”我点头，“那么，找地方住吧。”

晚上八点，仙台车站前一派繁华。车站两侧的百货商店与写字楼鳞次栉比，往右看，还能望见沿着轨道行驶的新干线。建筑物楼顶上的广告牌灯光闪烁，到处都反射着行进中车辆的头灯及刹车灯的灯光。玻璃被雨水打湿了，给这些五彩霓虹平添了一圈光晕。前面是红灯，我停下了车。十字路口的人行横道上，行人如潮水涌过，五颜六色的雨伞随之攒动。

“我来说点了不起的事吧。”森冈指着十字路口说。

“好，说说看怎么了不起了。”

“这里有那么多的人，当中却没有一个曾经杀过人，了不起吧？”他像是要一吐心底的绝望与孤独。

“那我来说点更了不起的事吧。”我说。

“真烦。”

“这里有那么多的人，但正在为了人类而烦恼的大概一个都没有。”

“你白痴啊，每个人都充满了烦恼的。”

“那只是为了自己在烦恼而已。他们并没有在为了人类而烦恼。”记得这也是以前哪里的一位思想家说过的名言。

森冈哼了一声，别开了脸。

“那么我们住哪里？这里好像有几家商务旅馆。”

我其实并不需要睡眠，就算通宵开车继续北上也没问题，但考虑到森冈会疲劳，我想还是需要休息一下。没有比跟一个疲惫的人类打交道更累人的了。

“我不住旅馆。”

“那新闻里公布的照片跟你不是很像。你只要别表现得很可疑，我想是不会暴露的。”

“不是说这个。”森冈的脸没有血色，“旅馆里一般睡的不都是床吗？”

“你不喜欢床？那么就在车里睡吧。”

“车也不行。”

“你脸色发青哦。”

“知道了，知道了。”听声音，森冈要抓狂了，他不耐烦地说，“那就随便住个什么旅馆吧。真烦！”

5

穿过车站轨道下方的连接道路，到了东口，缓缓地拐过一条弯道，再顺着宽阔大道前进一段距离之后，我们找到了一家商务旅馆。

森冈似乎是怕我逃走，要了一间双人房。站在前台接待我们的是一个中年男子，身姿挺拔如退伍军人。他将视线在我和森冈之间来回扫视过后，问："你们莫非是 HOMO[①]？"

森冈的眼神霎时间变了，鼻子以上部位僵住了，面颊以下部位开始抽搐，与此同时，他的手往口袋伸去。我忙用左手按住他的手腕，我知道，他是想掏出口袋里的小刀。

森冈当场一翻白眼，膝盖一弯就要往下倒，我忙用肩膀支撑住他——是我一不小心用没戴手套的手碰了他。这要是被我同事看到可就麻烦了，我这样想着，下意识地环顾了一圈，然后赶紧从上衣兜里取出一副黑色皮手套戴上。

"怎么了？"那个中年旅馆工作人员将房间钥匙递给我，"这小年轻睡着了吗？"

"他累了，而且你刚才的话给他带来的刺激不小。"

"我的话？"

"HOMO，你说过吧？"

"那明显是开玩笑的。而且，就算真的是 HOMO，也没什么丢脸的呀。难道你们真的是？"

"这家伙是 homo sapiens[②]。"我看了一眼倒在我怀里的森冈，回答道，"我可不是。"

床上的森冈被噩梦魇住了，他的身体扭向窗边，一边磨牙一边叽里咕噜地说梦话。我在床头俯视了一会儿森冈，当时钟指向深夜零点的时候，我决定去逛一圈。难得能来到人类的街上，不去听会儿音乐

① homosexual 的缩写，意为同性恋者。

②拉丁语，意为人类。

可就浪费了。

我把森冈留在房里走出了房间，犹豫了一会儿带不带钥匙，最后决定还是悄悄从窗口出去。我走过床边，打开了窗户。

正当我打算从窗口潜行外出时，突然听到森冈一声叫唤："深津先生……"

我差点要纠正他说"我是千叶"，不过看来他是在说梦话。

"深津先生，救救我……"他说着，身体蜷缩成一团，像是幼儿保护自己一般。

6

走出旅馆，天气依旧不好，好在雨势减小了许多，所以我决定不打伞。我仿佛是被整齐排列的街灯诱导着走上了那条昏暗的小路。没走几步，我便遇上了一个青年。

起先是听到了声响。从右面的停车场那边传来了像是小动物顽强威吓什么东西似的声响。

在停车场的最里面，一个青年面对水泥墙而立，激烈地挥舞着手，时蹲时站，左右移动，简直像是在黑暗中跳舞。

回过神来，我已经跨入砂石铺成的停车场，并正在靠近那青年。我是被那如同长长的呼气的声音所吸引了。他之所以挥舞着手，似乎是为了摇晃一只喷雾罐，球体在金属容器中滚动，发出咔啦咔啦的撞击声。而那近似于呼吸的声音，源自喷雾罐的喷射。

当注意到我的时候，青年显得有些惊讶。

"我只是看看，"我边说边叫住他，"你在做什么？"

那青年身材修长，体态优美，目光炯炯有神，小脸庞，有着人类里算得上精致的五官。

"那是什么？画？"我指着墙问。墙上有一幅以蓝色涂料涂成的像字又像画的奇异图案。深深浅浅的蓝色交错出流线型的文字，并有红色镶边。

"GOD。"青年静静地回答，"是英文。"

的确，仔细看那蓝色图案，的确是三个并排的拉丁字母。"这是你的吗？"

"你说神？"

"我是说墙壁。"

"啊，不是。这不是我的墙壁。"

"为什么你要写GOD呢？"我在想，如果我说我们死神也是神，然后再自谦忝列末席的话，眼前的这名青年不知会作何反应。

"这里有CD店吗？"我又问他。

"这里基本上没有二十四小时营业的店，"他耸耸肩，"不过，出租录影带的店应该有的吧。"

"我还想问你件事。"

"什么事？"他依旧拿着喷雾罐，站姿挺拔，谈不上威慑力十足，却自有一番从容不迫的气度。那沉稳的感觉让我认为就算我说我是死神，他都能自然地回应我："我就知道。"

"人类为什么会杀人？"

他的眼睛在一瞬间睁得老大，沉默了。竖在停车场边的街灯，因为电压不稳而发出嘶嘶声，忽明忽暗地闪烁着。他微微一笑："为什么要问我？”

“因为你正好站在我面前。如果是别人站在这里，我会去问别人。只不过是正好有疑问，而你正好就在眼前而已。”

青年还是沉默。估计他是在决定该不该搭理我。过了很久，他才开口说：“怨恨、愤怒还有算计。杀人的理由大概就这些吧。”

“算计？”

“如果那个家伙死了，我的人生就会轻松很多——这样的算计。在金钱方面、精神方面，衡量得失的算计。”

“人类总是会算错。”

“你说得没错。”青年露齿一笑。

“其实，我现在正在和一个杀了人的年轻人一起旅行。”我试探性地对他说。

“怎么可能。”

“我没有骗你。那家伙昨天杀了人之后就逃跑了，基本上没表现出什么负罪感。你说这是为什么？”

“问我也没有用啊。”青年腾出拿着喷雾罐的右手的食指挠了挠脑袋一侧，随后将目光落在右侧的墙壁上，像是望着墙上的“GOD”这三个涂鸦大字，说：“问这家伙。”

之后我们聊了很多，从“人类是多么愚蠢”这个话题开始气氛变得热烈起来，然后又聊了有关“奇特的蚊子”“哲学家的名言”等，话题多得聊不完，一直到背后传来有人踩踏在小石子上的脚步声。

“喂！”森冈冲了过来，“你在干什么，想逃吗?！等等，这是什么玩意儿，眼睛好辣啊……疼死了！怎么一股香蕉水的味道！”森冈嚷嚷着站到我身边，一边用袖子遮住眼睛，一边望向墙壁上的涂鸦。

“画会刺激你的眼睛？”我对此完全不能理解。

“啊！这家伙！”森冈这时才注意到一旁的青年，“这家伙是谁？”说着伸手就去摸屁股后面的口袋。他又想亮刀了，还真是乏善可陈的家伙。

“刀没了哦，我已经扔了。”

听到这话，森冈立刻青筋暴起。

“他就是你刚才说的那个没有负罪感的杀人犯？”青年的口吻不像是开玩笑，但却显得轻描淡写。

“难道你把我的事情给泄露出去了？这家伙是什么人？”森冈向前迈了一步，站到青年正对面。他像是突然切换到了另一种人格，怒目圆睁，嘴角抽搐。这和在旅馆前台登记的时候一样：眼睛几乎不眨，像是被什么黏液覆盖了一般，闪着浑浊的光。原来如此，这个年轻人就是在这种状态下刺伤了母亲，又在闹市街上刺死了另一个年轻人。

青年大概也察觉到了这一变化，微微举起双手：“喂、喂，你其实不是真的杀人犯吧？”

“啊。”森冈那双原本就像剃刀伤口的小眼此刻眯得更细了，“是、是啊，当然喽。杀了人的家伙会在这种地方晃悠吗？”

“也是。”青年慢慢地应声。

森冈看了看墙壁，又看到青年手上的喷雾罐，就说：“涂鸦吗？什么呀，原来你也不是什么好人嘛，同类呀。”

杀人凶手跟涂鸦者能算什么程度的同类，这不是我能判断的。

“话说，你在这里干什么？还不快点逃？”

“可以逃吗？”

“不可以。”

青年看着我跟森冈你来我往之后，问道："要不要我开车带你们去车站对面出租录影带的商店？"

我一回答"那可真是帮了大忙了"，森冈便细眉高吊，愈发显得像蜥蜴了。他怒道："开什么玩笑，你给我老老实实待在旅馆里！"

青年打开停在停车场附近一辆车的后备厢，将行李放了进去。

我问他："这是你的车吗？"

青年微笑着回答："我的四驱车可要帅多了。"

"什么呀，那么这车是你偷来的？"森冈开心地笑了。他似乎是想说这么一来，他就跟这青年更接近了。

这时青年突然说："啊，警察。"顺着他的视线看去，的确可以看见车道上有红灯闪烁，连我也明白那是警车。没有拉响警笛，但正朝我们这边靠近。

"糟了！"森冈立刻慌了，他咂着嘴，左右张望。

"最好不要乱来。"

但森冈根本听不进青年说的话，完全陷入了混乱当中。然后，他像是突然想到什么，跃入开启着的后备厢中，这反应完全出自其冒失的本能，但青年却像是事先商量好似的，配合地关上了后备厢。

我和他就这么站着，直直地望着警车的动向。最后，警车拐了个弯，不见踪影了。

"他真的是杀人凶手吗？"青年没有立刻打开后备厢，而是垂下目光问我。

"的确显得很若无其事吧？"

"如果你说的是真的，他这样做难道就不怕我们两个去报警吗？"

“单纯，做事不经大脑。脑子容易发热，一冲动就杀人，而且丝毫没有罪恶感。警察来了就逃，后备厢开着就钻进去，完全不考虑后果。人类都是这样的吗？”我感到疑惑，“杀人凶手都是不会感到后悔的吗？”

“怎么说呢，”青年歪着头，“如果会后悔的话，就不会杀人了，我是这么想的。”话里似乎也表达出他的决心。

许久，我们不发一语，似乎都在等着另外能有一个人来为我们解惑。

“接下来你们打算怎么做？”就连他这么问的时候，我一开始还以为是风在呼呼吹。

“这家伙要去十和田湖，好像有个什么叫奥入濑的地方。”

“是奥入濑溪流。”他的面颊稍许有些松弛了。

“你知道？”

“那是以十和田湖为上游的溪水，很美。我只去过一次，但真的很好。十和田湖还有奥入濑，都能让人安心。”

“安心？”

“我时常会想，人类跟动物的区别之一，人类特有的痛苦之一，就是幻灭感吧。”

“幻灭感？”

“一直依赖着的人实际上是个胆小鬼，信任的英雄实际上是个擅长搞阴谋的奸诈小人，或者身边的同伴实际上是敌人等等，碰到这种事情，人类就会感到幻灭，进而感到痛苦。如果是动物的话，大概就不会这样吧？”

“这跟那湖有什么关系？”

“那片宽广的湖泊，或者奥入濑那美丽的水流，是绝对不会背叛我的，是不会让我产生幻灭感的，我能够确信这一点，所以感到十分安心。”

“我听不太懂，你是说，因此这家伙才会想去那里？为了让自己安心？”我说着敲了敲后备厢。

“谁知道呢，或许不是吧。”他挑起一边的眉毛，“或者，他有什么特别的理由。对他来说，如果不完成那件事情就会死不瞑目，也许他是抱着这样的心理吧？”

死不瞑目？对我们死神来说，死了就一定是死，我们会认为这种说法很可笑。

“我也有哦，必须要做的事情。”青年说。

我也不能一直和这青年这么聊下去，于是请求他：“能不能请你打开后备厢？”

“我完全忘了这回事了。”他笑着打开了后备厢。

我已经做好思想准备，森冈会一边叫嚣着“你们打算关我到什么时候”，一边跳出来。但出乎意料的是，我们看到他的身体在瑟瑟发抖，仿佛随时都会昏过去一般，紧闭的眼皮在不住地抽动，就像是一个害怕得不得了的孩子。只见他半张着嘴，牙齿咯咯打战，很小声地说着什么。我把耳朵凑上前去——“深津先生，深津先生……”他呢喃，“救救我……”

7

“你醒了？”等森冈睁眼醒来，已经是早上八点了。他拉开厚厚的窗帘看外面，因为乌云密布而流露出一脸的厌烦。“今天又下雨。”

“你睡得可真熟。”昨天到最后，是我把森冈从后备厢里拽出来背回旅馆，再放到床上去的。一躺下，他的眼睛就再也没睁开过一次。“你在车的后备厢里待得几乎都失去意识了。”

森冈一面把衬衫下摆塞到牛仔裤里，一面恨恨地重复了“后备厢”这个词，同时脸色变得很难看。然后，他像是要掩饰什么似的，粗暴地喝道：“快给我出发，好事不宜迟！”

“你打算做的会是什么好事吗？”

“你到底算什么啊？”森冈一边用手指划着副驾驶座那边的车窗，描着窗玻璃外侧滑下的雨滴的印痕，一边问我。这时，我驾驶的车已经开上了四号国道，穿过了仙台市，正沿着宫城县北部的城区前行。道路两旁都是水田，零星地分布着古老的民居。路上没什么车，开得十分顺畅。

“你为什么不逃走？”

“可以逃吗？”

“都说不可以了。不过，你真的不害怕吗？还有，你不用工作吗？”

像这样跟你一起行动就是我的工作哦，我在内心回答。

时间在无言的沉默中流逝，收音机里接连播放着摇滚乐曲，我一点都没觉得无聊。以正统手法演奏的乐曲，配合几乎感受得到歌手到位的眼神的歌声，让我沉溺在其深邃的内涵中。我正在感叹音乐之美妙的同时，不知不觉已开过了宫城县，标示着“一关市”的路牌出现在我们面前。景色依旧，广告牌、超市、田园，接连反复跃入眼帘。

又过了一会儿，我看了一眼驾驶座附近的仪表，发现显示燃料存量的油表已经降到最低。“这玩意儿如果空了，还能继续开吗？”

“白……”森冈差点连话都说不清楚，“你说什么白痴话，快找地方加油啊！”

“要这样做啊。”

过了不到五分钟，就看见了一家加油站，我把车开了进去。我虽然并不清楚加油的具体手续，但打开车窗后，根据店员的指示操作倒也不怎么麻烦。在加油过程中，森冈突然开门下车，于是我也赶忙跟着他下了车。

“一直坐着，腰都快痛死了。”他手扶着腰，舒展身体，我也模仿他的动作。看来他不过是想活动一下筋骨而已。

周围还停着好几辆车，比我们的这辆大多了。或者说，我开的车实际上是小到极点的吧？使人联想到困在一群巨兽中的小型犬。付完油费，我们再次前进。一直到又开过两个交叉路口，我才开口问道：“你是不是碰到过什么事件？”

如我所料，森冈并没有睡着，只是在闭目养神。听了我的话，他睁开右眼瞄向我：“事件？”他说着直起身，“昨天不是跟你说过了嘛，我拿刀捅了我老娘还有个红毛小子。”

“不是说这个。”

我想起了昨晚那涂鸦青年的话。他低头看了一眼缩在后备厢里发抖的森冈，喃喃道：“他或许是有什么不愉快的回忆吧。”他话音刚落，积雨云唰地突然裂开，月亮在那一瞬间露出了脸，仿佛在传达着夜的启示：没错，这就是正解！

“他小时候大概有过跟后备厢相关的可怕记忆，大概是什么事件或者事故之类的，所以才会这么害怕吧。”

我把他在后备厢里发抖的样子和在旅馆的床上被梦魇住的事情告诉了他，坐在副驾驶座上的他嘴角立刻往下撇了："真烦，关你屁事。"

我也不是非要听到他的回答，所以开始欣赏起收音机里传出的音乐，吉他声如砂石摩擦般响起。

"既然你那么想知道，就告诉你吧。"过了不久，传来森冈闷闷的声音。

我差点回答，我没很想知道啊。

"这件事我没有跟任何人说过。"森冈说话的腔调并没有什么变化，但却像是下了相当大的决心，"我以前曾被绑架过。"

"绑架？"

"是我五岁的时候。那天，我下了幼儿园的班车，正准备回家。身边跟着一辆开得很慢的车。我是注意到了，但没想到车门突然打开，把我拽了进去。那时候，我家还是很有钱的。"

"现在不是了吗？"

"我老爸是个有钱人，好像是什么公司的管理层。老爸死了以后，我们就什么都不是了，穷得都觉得可笑。"

"接着发生什么事了？"

"我就被塞到后备厢了。"森冈揉了揉眼睛，像是喘息一般地做了好几次深呼吸。

"后备厢？"

"我就被塞在后备厢里，车开了一天。你能想象吗？一个小孩子被关在又黑又窄的后备厢里会有多么害怕，我一直在发抖，以为就要被这么关一辈子了。我觉得，这已经可以算是惩罚了。"

"惩罚吗？"

“我一直就在那里说，对不起、对不起。很感人吧？这是一个催人泪下的真实故事啊。一个小孩怎么会知道，为什么明明什么坏事都没做却要遭受这种对待呢？鼻涕眼泪、大便小便全在身上。”森冈的脸上出现了前所未有的痛苦表情，仿佛正在拼命忍耐着当时的恐惧、恶臭、惊吓和屈辱。不知是不是我的错觉，他似乎回到了童年时代，连皮肤看上去都变得粉嫩有光泽了。

“然后呢？”

“那群绑匪把我关进了一栋老建筑的房间。”

“绑匪不止一个？”

森冈显得相当痛苦：“有四个人。有个家伙身上有一股怪味道，有个家伙说话很凶，还有……”不知为何，他突然顿了顿，“还有一个腿上有伤的家伙。”

“在什么地方？”

“怎么说呢，记不太清楚了。不过，应该离海很近吧。我听到过海浪的声音。啊，难怪！”

“难怪什么？”

“难怪我很讨厌海浪的声音，听到就想吐。别人都说那是什么疗伤的音乐，但我只要听到像海浪的声音立刻就会火冒三丈。果然都是小时候的那件事造成的。会让我想到那时的海浪声，让我的心情变得非常糟糕。”

“你现在才想到吗？”

“那房间很大很破旧，铺着一张红色的地毯。那群家伙把浑身屎尿的我揍了一顿以后，又把我拉到浴室冲水——连衣服都没有脱！然后他们把我关在房间里，从外面把门锁了。”

“你没想过砸碎玻璃窗逃出去吗？”

“我那时还是个孩子！”森冈悲愤交加，神色复杂地说，“而且，那房间里还有个家伙监视我。”

“监视？”

“是一个拄着拐杖的大叔。他一直和我待在同一个房间里，一直在监视着我。然后，绑匪们就跟我家里联系，要求赎金。总之，我就是从那时候开始讨厌后备厢和床的，我被监禁的那段时间一直都躺在床上。”森冈用力抓了抓头发，“我现在算是想起来了。”

“那么，最后怎么样？”

“你还真是冷静啊。”

“是吗？”

“十五年来，我从来没把这事情跟任何人讲过！好不容易豁出去讲出来了，你倒好，什么反应都没有。”

“真不好意思，我不管听到什么都不会惊讶的。”

森冈哼了一声，很不高兴地从旁窥视着我，说：“如果我说，我现在还要再去杀一个人，你会惊讶吗？”

“要让你失望了，真不好意思，”我老实地说，“我不惊讶。”

8

我在红绿灯前停下了车，眼前堵着很多观光巴士。似乎是从另一条支路上弯过来的，方向灯闪个不停，像是马上要左转。

“这附近是观光地？”

"有中尊寺之类的吧。"森冈没什么兴趣地回答。

"寺庙啊，你要去吗？"我才这么一问，森冈立刻就发怒了："什么呀，你在拿我开涮吗？谁有这闲工夫！"

"是吗？"

"啊，不过，去吃前泽牛[1]吧！前泽牛！"

"牛？"我看了一眼车里的钟，已经上午十一点多了。由于半路上车道减少、道路拥挤，车速下降了很多。"你有这闲工夫吃饭吗？"

"真烦。"森冈不悦地嘟起嘴，指向左手边的指路牌，"那里，往右转，不是有家餐厅吗，去吧！"

"你有钱吗？"其实我是无所谓的，不过还是想先问一问，以防万一。

森冈像是认为这是一个侮辱性的问题，他闷了一会儿，才涨红了脸谄媚又虚张声势地说："我说，这是我最后的旅行了，不是应该由你来请客吗？"

"人生最后一餐牛排吗？"我用只有自己听得到的声音低语。森冈将会在几天后死去，因为我将会提交"可"的报告。

供应牛肉的餐厅造成一头牛的样子，我不知道这算是别具匠心还是品位低俗，总之，宽敞的店里还是相当地热闹。

森冈大概是想尽量不引人注目，挑了最靠角落的座位坐下。打开菜单扫了一眼后，看着我说："这里好贵啊。"然后，他又点头嘟囔着"算了，反正都来了"，便开始向走过来的服务员点单。"牛肉要

①高级黑毛和牛，与松阪牛齐名。

几分熟？”服务员问，他连忙生硬地回答：“普通就好。”

我只点了一杯咖啡，服务员露出了嫌弃的表情，森冈也显得很惊讶。

“你不吃牛排吗？”

“我分辨不出味道。”

“那也总得随便点些吃的呀。”

“我不用了。”我直接拒绝。店员正要离开，我又问他：“你不问我咖啡要几分熟吗？”那店员听了露出一脸的惊诧，森冈也拿厌恶的表情对着我。

我觉得在上菜前就这么一直沉默地坐着也不错，但考虑到这样过于怠慢，便就森冈过去的事情再度询问：“你小时候的那件事情有没有成为一时的话题？”

“真烦。”森冈像是嫌麻烦似的别过了脸去。我默默地等了一会儿后，他却主动把右手伸到运动衫的内侧里，一言不发地掏出了一张纸。那是一张叠得整整齐齐、已经发黄的旧报纸。

我把旧报纸移到自己手边，小心翼翼地缓缓打开，生怕弄破了。

店员端上来一盘嗞嗞作响的肉块。他把盘子摆到森冈的面前，恭敬地招呼一声后就退下了。森冈拿起刀叉开始默默地食用。我看见他把沾有酱汁的牛肉送到嘴里、嚼碎、下咽，然后发出一声感叹：“好吃！”

“死掉的牛很好吃吗？”其实我说这话并没有什么特别的意思，但森冈却很不愉快：“别说这种话。”

于是我看起了旧报纸，是距今十五年前的一场交通事故的报道：深夜的一条县道上，一辆物流卡车和一辆普通轿车相撞，普通轿车上的三名乘客不治身亡。原以为是一篇有关绑架事件的报道，结果大失所望："这是什么？"

"这是我小时候珍藏的报纸啊，前天离家的时候带在身上的。"

"为什么要珍藏这个？"

"因为出车祸的那几个就是绑架我的人。所以，只要看一眼这个，告诉自己绑匪已经死了，就很安心。"森冈说，"这群人是白痴，在监禁我的时候居然出车祸死了。"

"这三个人是绑匪？"

"大概是去吃饭吧，要不就是去绑架别的家伙，总之就是半夜三更开车出去出了车祸。"

"没有写他们是绑匪哪。"

"因为警察没介入。可能谁都不知道吧。这些人是绑匪的事和我被关起来这件事，除了我父母，应该没人知道。"

"那你是怎么从那间关你的房子里逃出来的？"

"是绑匪来放我走的。"森冈面部稍许有些颤动。

"绑匪？不是死了吗？"

"不是啦。那里不写着只有三个人吗？还有一个，就是监视我的那个家伙。"

"就是你刚才说的拄拐杖的吧。"

"只有他死里逃生。"

"怎么说？"

"我也不知道。我只记得他突然闯进房里，拄着拐杖，很慌张的样子。他浑身都在流血，估计还骨折了吧。总之，他对我说'其他人都出车祸死了，你可以回去了'，然后就把我放了。"

"这算什么……"我感到很难理解，"这绑匪对你还真好啊。"或者说，居然还不忘记善后？

“那家伙就是那样的。”

“那样到底是哪样？”

森冈似乎很难回答，吞吞吐吐的，突然，他压低了声音说：“他很温柔。其他几个绑匪都戴着面具蒙着脸很可怕的样子，只有他没有把脸遮起来，然后在房间里……”说到这儿，他停顿了一下，像是在寻找合适的词语，“监视着我。”

“也就是说，你是被那个人救了。”

“你说什么？”森冈停住了叉子。

“那个人把你从那间屋里放出来了，不是吗？那你不就是被他救了吗？”我继续说，同时注意着森冈的反应，“就算他本意并非如此，但你的确是被那个绑匪救的。”

森冈像是想要争辩什么，嘴巴一张一合的。然后，他像是想通了，用力点了点头，简短地回答说：“或许吧。如果没有那个家伙，我可能更害怕，结局也可能更悲惨。那个人一边监视我，一边说了很多安慰我的话，比如‘只要乖乖的就没事’‘一定能平安回家’之类的。不然的话，我的脑子一定会因为紧张和恐惧而变得不正常。话说回来，我现在脑子就已经不正常了。”他自嘲道，“是啊，情况更糟。那个负责监视我的绑匪，没错，的确是他救了我。”

从他说话的语气中，我断定实际上他比他说的还要感谢那个绑匪。我仿佛可以看见处于被监禁状态的五岁的森冈是如何全心依赖着那个绑匪。“难道说，那个腿脚不方便的监视你的人，就是深津？”

“你怎么知道？”森冈站起身，一把抓过桌上的餐刀对准我。一名店员扭头朝我们这边看过来，脸上露出后悔的神情，仿佛不想看到这令人不快的场面。

“是你自己说的呀。你被梦魇住的时候说梦话了，喊着‘深津先生，救救我’。”

森冈又坐回座位上。这年轻人，一会儿站一会儿坐，一会儿发抖一会儿愤怒，慌慌张张的。“你说得没错。”森冈像是豁出去了，突出下唇说道，“那家伙的确姓深津，不过……”

“不过什么？”

“我现在就准备去杀了他。”他这么说完，像是要确认自己的意思似的，把嘴巴张得老大，塞了一大块肉进去。

9

走出餐厅，我们再次沿着四号国道向北开。雨更大了。我呆住了，不得不认为这积雨云实际上是一路追着我来的。

“喂，你到底算什么啊？”坐在副驾驶座上的森冈已经不知道第几次问我了。

我向左边望去，开口问：“怎么了？”

“我说，你到底有没有听明白我说的话？”

“什么？”

“我现在是要去杀人。”

“啊，这个啊。”

“啊，这个啊……”森冈似乎感到一阵眩晕，黑眼珠一阵转动之后，问，“你这算什么啊，你难道一点都不惊讶吗？”

“你希望我惊讶？”

“不是这个意思。”

“肉好吃吗？”

“嗯。”森冈被我转移了话题，表情也柔和了一些，“感谢你的款待，非常好吃。”

趁着森冈回味那牛肉滋味的间隙，我开口询问有关深津的事情：“你和那个姓深津的人后来就再没见过吗？”

“后来？”

“在你还是孩子的时候，他放了你。从那以后，你和深津还有没有再见面？”

“这不是废话嘛。”森冈的口气很不耐烦，但随后，却又像记忆突然复苏一般地改口说，“不，有一次。”

“有一次？”

“是我刚进小学的时候。那次我正好逃学。理由不记得了。反正我从小就有点多动症，大概因为我脑子不正常吧，总之就是擅自回家去了。结果却在我家附近的一条巷子里，看见我老娘和一个男人在说话。”

“是深津吗？”

“我觉得是他，不过我之后问我老娘，她却不承认。我老娘的确不可能认识深津，而且她既然否认了，我自然也就相信了。但是，那人实际上的确是深津。”

“为什么绑架你的人会到你家来？”

“就是呀，我也觉得很不可思议。我只能认为他们是同谋了。”

同谋？我正想开口问这话是什么意思，却发现眼前的车道突然增多了。几乎同时，一辆车子横插到我们车前。那是之前一直跟在后面的红色轿车，现在赶超了我们。

森冈发出近似悲鸣的声音，身体直往后仰。“这人开车也太危险了，开什么玩笑！你快点反超回去！”

“反超以后呢？”

“不知道，不过不反超回去，这事可没完。”

但是，我被收音机里的英文歌所吸引，错过了反超的最佳时机。

又开了四十分钟左右，我问森冈：“走哪边？”出现在我们面前的是一块蓝色的交通指示牌。

“右面啦右面。”森冈指指右边，“走外圈这条，这条路离盛冈近。”

“和你的姓一样嘛。”我发现两者的发音都是MORIOKA，“所以你才要去那里？”

“我的姓和盛冈同音不同字。你真无聊，别玩文字游戏。”

“你想去的十和田湖就在那里吗？”

“在更前面。十和田湖是在青森，还是秋田？我说，你怎么一点地理概念都没有？”

“我很景仰你这种无所不知的人哪。”我转动方向盘，让车子往右拐。车子画出一个舒缓的弧度后，笔直朝前。继续往前，又看见了刚才的那辆红色轿车。刚才明明那么心急火燎地超我们的车，此刻却丝毫不觉得开得有多快。而且我们还发现，那车时不时还会忽左忽右地扭着前进。虽然现在往来车辆比较少，构不成大问题，但森冈仍然说：“什么呀，太危险了吧。”

雨滴打在车窗上。前方几乎看不到建筑。青山肯定是一路绵延，但灰蒙蒙的云却也如雾一般散开，远方一片昏暗。

“你不问我原因吗？”开过桥后，森冈突然冒出这么一句。

“什么原因？你不是说这条路近吗？”

“不是。真不知道你是聪明还是愚蠢。我说的是，我去杀深津的原因。刚才不是说了吗，我要去杀了那家伙。一般不是都会问为什么吗？”

“我没兴趣知道。”我老实地回答，但考虑到这样就无法继续对话，于是又问，“那个姓深津的人是在十和田湖吗？或者说是在那个叫奥入濑的地方？”

“是啊，”森冈死死地看着前方，“好像是。”

“好像？”

“深津好像是在奥入濑附近的一家小商店里干活。”森冈咬牙切齿恨恨地说。

“你怎么知道的？”

“我一直都不去回想。只要一想到曾经被那样绑架过，脑袋就会变得不正常，所以我一直都不曾回想。就算对我老娘也从来不提。没必要保留这种浑身屎尿的回忆，对吧？”

“你那一直神经兮兮的性格，难道就是你小时候那起事件的后遗症？”

“别说得那么肯定。”

“你被关在后备厢里的时候，曾经以为是受到惩罚，你刚才是这么说的吧。陷入莫名其妙的恐惧当中，你还以为是自己做了错事吧？所以，说不定你潜意识里至今都在责怪自己。”

“责怪？”

“或者认为自己遭别人厌恶。”

“别胡说。说什么因为过去不愉快的记忆而导致性格扭曲，什么呀，这不是电影里的老一套嘛，不要把我跟这种混为一谈。”

突然，红色轿车的行进路线扭曲起来。刚开始距离我们大约二十米，与我们一样沿左侧道路行驶，此时却突然大幅度地歪到了右车道，刚以为他要换车道，却又回到了左车道，就这么歪歪扭扭地前进着。

“喂、喂，干什么呀。”森冈略带不安地小声嘀咕。

这时响起了喇叭声。右车道上的一辆四驱车一边避让红色轿车，一边超了过去。之后，又有好几辆车同样把喇叭摁得震天响，呼啸而过。

“该不会是喝醉了吧。在这种地方碰到车祸什么的可不是闹着玩的，我们也快点超车吧。”森冈说着用手指按住我手中的方向盘，像是要往右转。

我见这道路暂时没有拐弯的迹象，于是也将车移动到超车道，踩下油门加速，在与红色轿车并驾齐驱的时候，右脚更是用力。这时，却听到我左面的森冈发出了呻吟声，或者说，是急促的喘息声。

我刚想开口问发生了什么事，往左一看，看到了那辆红色轿车的内部。虽然是在雨中疾驶，但我却看得很清楚。

开车的是一个光头男子，脑袋呈鸡蛋形。在后座上还有一个长着娃娃脸、留着刘海的男人，在他身边坐着一个身体拼命晃动的女子。那女子挥舞着双臂，似乎十分激动。娃娃脸男人想要制住她，穿校服的女子却依旧把手伸向驾驶座的靠背。为了躲避那手，开车的光头不得不弯下脖子，同时，车滑出车道。

“你看见了吗？”一超过红色轿车，森冈就说，他正将脸贴着车窗看外面。

“就因为他们打打闹闹才开得这么歪歪扭扭吧。”

“不是这样，那是绑架啊，绑架！”森冈这时肯定已经丧失了理智，“喂，你快给我阻止！”

“阻止？”

“车！你回到左车道然后踩刹车，逼他们停车。”

我没什么理由反对，便按照森冈说的做了。我先把方向盘往左打，开到了红色轿车的前面，等把车速略微放缓之后用力踩下了刹车。只听一记刺耳的声响，轮胎下扬起一片水花，整辆车几乎往前倾倒。我的上半身快要飞了出去，幸好安全带将我牢牢地拽回，但终因势头太猛，额头撞到了方向盘上。副驾驶座上的森冈也没有好到哪里去。车虽然停了下来，但两个人都因冲击太大而怔怔出神。

后面的轿车为了躲避我们而滑向了右车道，看来也是猛地将方向盘打到底，但因轮胎打滑，转了半个圈，最终停在了我们斜后方。轿车激起地上的积水，蔚为壮观地泼向我们的车身。

森冈解开安全带，打开车门冲了出去，我紧随其后。森冈笔直朝停下的红色轿车走过去，步幅很大，身体前倾，看架势仿佛要把这雨给踩碎了。光头男同样从轿车的驾驶座一侧下车，对着森冈就是一通骂，那简直就像是要回避战斗的虚张声势。总之，他满脸通红，像是破雨而来。

右车道上又开过两辆车，尽管他们对胡乱停车的我们表示出了惊讶，但终究自顾自地开走了。

“你干什么啊！很危险的好不好！居然急刹车。”光头男声音大得像是想要把雨弹开，站在森冈面前，他足足比森冈高了一个头。

“你想要对你后面的女人做什么！”森冈眨眼的速度明显减缓，

仿佛要用眼皮将对手牢牢咬住。

“后面的女人？”光头才扭头往后看去，森冈便立刻动手了，他的拳头狠狠砸在光头的下巴上，只听砰的一声，肉碰肉。

我在一旁闲着，不知该做些什么，于是轿车里的另一个年轻人也从车上下来了，像是要来陪陪我这个闲人。就是那个后座上的娃娃脸。他长得不高，体格倒挺魁梧。

娃娃脸男子向我跑来，刚一在我面前站定，就揪住我的领口抽了我左脸一记。我的脖子歪到了一边。正当转过头想要看清他的脸时，被他从同一方向又抽了一下。

而森冈和光头正扭在一起，你揍我一拳、我揍你一拳，你揪我、我揪你，重复着这组动作。森冈像是对斗殴颇有心得，反而是光头因为被揍的痛楚和体力消耗而显出疲态，渐渐地，他出手的次数明显减少了。

抓住我领口的娃娃脸依旧在抽打着我的脸。在我观看右面战况的时候，他也无数次地挥拳相向。每一次，他那讨厌的拳头都会害得我视野抖动。但没多久，他挥拳的气势也渐渐减弱下去。等我回过神来，那娃娃脸已经把手从我身上放开，正在大口大口地喘着气，同时左手不住地揉右手。

“你疼吗？”我问他。

气喘吁吁的年轻人瞪着我，仿佛在望着一道无解的难题：“你这家伙说什么？”

“你怎么了？继续尽情地打我啊！”我无意挑衅，应该说，我是出于一片鼓励之意。

然后我听到了水花飞溅的哗哗声，再次往右看，却见光头已经倒在地上，森冈正对着他一阵猛踹。森冈像是不要命的发条人偶一般反复踢出右脚，光头则捂着肚子，嘴巴呈菱形张开，不停喘着粗气。然后，森冈奔向了轿车，我急忙跟上。

“你这家伙，你给我等着。”那娃娃脸年轻人却又再度伸手要来揪我的领口。

“还没打够？我无所谓的，就算你打到明天早上都可以哦。”我回答。听了这话，他当场蒙了，一动不动地呆立在那里。

森冈打开轿车的后车门就往内部张望，追上来的我也从一旁打量着车里的情形。

“你没事吧？”森冈对着车里问。他的脸涨得通红，衬衫的肩膀处已经裂开，嘴巴和眼角都淌着血。

后座上的那个穿高中校服的女子正盘腿而坐，晒成小麦色的脸上化着浓妆，裙子卷起。

“喂，快逃！”森冈说着伸出手，不料那女子却满脸怒气，一脚踢向森冈的胳膊。

“你干什么！什么叫快逃啊?！”女子咬牙切齿，牙龈都露出来了。

“你不是被他们拐来的吗？”森冈的眼神开始涣散。

“啊？”女子的眉毛狠狠拧起，“我不过是跟小可他们一起兜风而已，你说什么傻话，别开玩笑了！”

10

副驾驶座上的森冈显得十分疲惫。也不知道是在发愣还是沮丧，他以一种非常复杂的神情卷起牛仔裤的裤脚，注视着脚踝上的伤口。似乎是在踹光头的时候，被皮带扣勾出来的伤痕，这条线状的伤口隐隐有血渗出。

他同我一样，被雨淋得浑身透湿，又非常不喜欢湿漉漉的衣服贴着肌肤碰触的感觉，因此每个动作都显得很不自在，座椅上也湿了一大片。

“算什么呀，刚才那女人。”离盛冈市区越来越近，在车开抵一个大型十字路口时，森冈郁闷地开口抱怨。

“哪个是小可？”我看见前面是红灯，于是踩下刹车。

那辆轿车并不是什么绑匪的，单纯只是因为车座上那两个十几岁的少男少女互相打闹，才导致车开得歪歪扭扭的。

“管他是哪个啊。总之是倒霉透了。”

“你这个杀人凶手怎么会想到要去救那个女孩呢？”

听了我的话，森冈拿一双细长的眼睛瞪着我：“我以为她是被人绑架的，搞错了。”

“是想起了以前的自己吗？”绿灯亮了，我发动汽车。看看表，近下午两点。

“不知道。”

“为什么人类连自己的事情都不知道？”

“真烦。”森冈不耐烦地说着，定定地望着自己左手边的车窗。用衬衫袖管擦拭因为雨水而模糊的地方，然后把额头贴在玻璃上，观察着窗外的景物。

“怎么了？”

“看不见山呢。”

“你要去的不是湖吗？”

“这附近应该有岩手山。但是外面下雨，一点都看不清楚。”

“你要去？”

“嗯。”

“反正这是你最后一次旅行了，有什么想去的地方就都去看看吧。”

森冈没有立刻回答。想必是因为没有必要顺道走那么一趟。他的目的地是深津所在的地方，与山没有关系。但是，他自己也对笔直前进感到害怕。是害怕那湖，还是害怕遇见深津？或者说，他是害怕旅行结束？我忍不住说出口：“不管怎么说，你心里其实是很怕的吧？”

森冈误解了我的意思，他语气强硬地说：“我为什么要怕山啊？顺带去趟山上有什么？走，就去岩手山。”他强调着。

“你认识路吗？”

“不认识，不过顺着这条路开就会到的吧？”森冈顺手指向左前方，信口开河道，“山这玩意儿，只要你一直走总能碰上的。”

我按照他的指示从国道转到了左侧的一条小路上。的确，虽然并不是很清楚：但遥远至极的前方，却是看得到一方被厚得不能再厚的云层遮蔽的天空，那后面似乎就真的隐藏着山。

开过一片宽广的田地之后，又看到了四十六号国道的标牌。再次开回国道，很快看到一块路牌。

“哟，这不是小岩井农场吗？”已经沉默了很长时间的森冈冷不丁地说，“真怀念啊。”

“你知道这里？”

“小时候曾经来过，跟我老娘一起。”

“就是被你刺伤的母亲吗？”

森冈看了我一眼，似乎要警告我别废话。“那个时候当然还没有刺伤她。”他莫名其妙地解释了一句，“小岩井农场这个地方，原本是岩手山爆发的时候被火山灰掩埋的地方。”

“火山爆发啊。”我曾经好几次亲眼看见火山爆发所造成的灾害，不由回想起当时的情景。

“然后，经过上百年的时间，重新开垦为土地并且植树造林，最后才成为了牧场。真的是费尽千辛万苦呢，知道了吗？”

“你真博学。”

森冈再次陷入沉默。从他的眼神可以看出，他似乎正在回忆某些事情。而我因为无法断定到底该走哪条车道，便一直挑比较空的那条时左时右地前进。

终于，森冈又开口了：“我从没想过我老娘竟然是我的敌人。”看他的样子，就像是水池里的水位上升了，水不得不溢出来一样，话就是那么自然地从他嘴里说出来了。

“敌人？”

“就像你说的那样。”

“像我说的？”

“你刚才不是说了吗，是不是自从那次浑身屎尿的事情之后，我就认为自己遭人厌恶？我想，那大概是正解。我把身边的人都看成是自己的敌人。”

“这样啊。”

“虽然我也不是很明白，但的确是这样。所以，这十多年来，我一直都是时刻处于戒备状态，习惯先下手为强，我就是这么走过来的。就算是在街上，我也会不管三七二十一地动手揍人。”

“这不是电影里的老一套吗？”我把刚才森冈对我说的话还给他。

“你算什么人啊。”森冈一愣，苦笑着说，“但是，我一直相信至少我老娘是和我一边的。老爸死了，我又总是那么胡来，但我觉得我老娘应该是能理解我的。”

“向母亲撒娇并没什么可耻。”我一边回答一边联想到其他动物也都如此。

森冈以为我又在揶揄他，细长的眼睛再次向我扫来：“但是，我老娘竟然也是敌人。我真的很惊讶。”

“所以就刺了她？”

“我只能刺她。”

雨一直下个不停，可见度很低，这让我们迷路了好几次。在来来回回绕路的过程中，转眼已过傍晚。虽然时间长得连湿漉漉的衣服都已经快干了，但森冈却丝毫没有流露出焦躁的样子，不知他是累了还是觉得怎么着都无所谓了。

等看见写有“岩手高原”几个大字的路牌时，夜幕已经降临，四周一片昏暗。

我问森冈：“高原跟山一样吗？”

森冈回答：“当然不一样啦。不过反正天已经黑了，就往那边开吧。”

又前进了约莫一公里，竟在路边发现了一辆警车。虽然应该只是查超速而已，副驾驶座上的森冈反应却很大，他自言自语道：“这可麻烦了。”然后慌张地指向左边说，“先往这边转弯吧。”

于是，我一个左转，将车开上了一旁的小路。

11

虽然是突然到访、衣衫破烂、脸上青一块紫一块的，我们依然受到了民宿老板的欢迎。这家旅馆似乎是夫妻共同经营。把车停在停车场，走进旅馆，看见屋内站着两个人。

那个女人应该是妻子吧，她微笑着对我们说："正好今天有人取消了预订的房间哦。"

那个男人应该是丈夫，他说："你们正好赶上吃晚饭的时间哦。"

"您感冒了吗？"女人看着我身边的森冈问道。

森冈的嘴巴上罩着一只口罩，是之前在便利店买的。虽然他一直都逞强说"这种高原地方，不会有人注意到东京发生的杀人事件"，可似乎心里还是很不安。

"两个男人跑到这种民宿过夜，绝对会被人怀疑的。"来到二楼的客房后，看到房内的两张床，森冈苦笑着说。

"被人怀疑？"

"不过反正你是不会介意的。"

然后我们回到一楼，在一个类似于饭厅的地方吃晚餐。陆续端上来的盘子里盛着摆放考究的蔬菜和肉类。

除了我们以外，还有两桌客人。一桌是两个女子，还有一桌则是一男一女。一开始，森冈还担心这些客人的目光，不知道是不是该摘口罩，但随后就完全被美食所吸引，吃到一半时把整张脸都暴露在众目睽睽之下，还直咂舌。

“这个——”他一口咬掉叉子上叉着的一块肉，动着下巴说，“实在是好吃得要死！”说完一口吞了下去。他就这样不慌不忙地咀嚼着，不停地点着头。

而我依旧对进食没有什么兴趣，只得仔细观察森冈吃东西的样子，努力加以模仿。于是我也用叉子叉起一块胡萝卜放到嘴里嚼着，说：“这个——实在是——好吃得要死！”最后一口吞到肚里。

“你要我吗？”看见我的动作，森冈皱起了眉头，“这不就是胡萝卜吗？”

用餐完毕，森冈捧着微微鼓起的肚子站起身，我们一起走出饭厅。“吃得太饱了，真的快死了！”他边说边揉着肚脐周围。

“是吗，快死了吗？”我随声附和道，“的确是这样呢。”

随后我们去了院子里。因为森冈自言自语似的嘀咕了一句“去外面乘凉吧”，便走出玄关。我自然也穿上鞋子，和他一起走出民宿。

“还在下啊。”森冈伸出手掌朝上，有点后悔地抱怨说。的确，雨依旧在下，即使只是淅淅沥沥的小雨。

“真不好意思。”

“为什么你要道歉？”

“因为我还没有看见过晴天呢。”

“你又在说这种不着边际的话。”森冈嘟囔着，仰头对着夜空说，“如果不下雨，星星应该很亮吧？”

“星星很亮？”

“真烦。你怎么什么都要问？”森冈鄙夷地说，随后突然站定了，“啊，这家有狗？你瞧那个，是狗屋吧？”

民宿前是一个宽敞的院子，种着许多树，还有一大片草坪，但最吸引眼球的，是一条拉得长长的绳子。不，应该说是锁链吧。那条锁链连接着院子的两端，一端缠绕在一根柱子上，另一端则连接到一栋小屋内部。看来，这条锁链就是被拴起的狗的活动半径。

“是什么狗？在小屋里吧？”森冈与其说是在问我，倒不如说像是在问那只狗。只见他蹑手蹑脚地慢慢向前靠近。

“在里面吗？”我跟在他身后问。

“嗯，在呢，正盘着。”森冈弯着腰朝小屋的内部张望，“太暗了，看不太清楚，有点像是《日本的狗》[①]里的那种狗。”

“像日本的狗的狗？”我无法理解他的说法。

走到离小屋约莫两步距离的时候，森冈停下了脚步。

“怎么了？”

“它在生气呢。”森冈回答，他的声音听上去像是一个悲伤的小孩。

竖起耳朵，的确能听到小屋里传出长长的充满戒备的低吼声，显然是在威胁我们，如果继续靠近，它就要冲出来。

森冈沉默地站在那里，虽然还企图尝试再看几眼小屋中的情况，但那低吼声却愈发凶狠，他不由轻轻叹了口气。

“我到底在做什么啊。”他嘟囔着，与其说是在发泄不快和不安的情绪，倒不如说更多地是在抒发心底涌上来的浓浓的寂寞。即使被雨淋湿，依旧要背负起那一整片灰暗的天空——他似乎就是被这样的落寞所吞噬。

---

①日本著名野生动物摄影家岩合光昭的影集，主题为日本柴犬。

12

第二天，自然依旧是雨天。

我们吃完早餐后便准备出发。并没有做什么特别的事情，但等磨蹭完，却发现快十点了。

森冈在玄关旁类似大堂的地方看晨报，他抬起戴着口罩的脸对我说：“好像没有那起事件的报道。”但却丝毫不见他松口气的样子。

“这话我说大概不合适，但如果我说这世界上每天都有新的事件发生，你觉得怎么样？”

结完账，我们正打算穿鞋走人，老板夫妇过来送行。看上去很悠闲的两个人异口同声地问我们：“今天二位打算去哪儿？”

我见森冈没想搭理，就回答他们说：“十和田湖和奥入濑。”

“那可真不错呢，可惜今天下雨。”老板娘歪着头说。

“开车要当心哦。天要是放晴就好了。”老板说着伸手抚摩下巴。

然后他们两个人将一张画有去十和田湖的大致路线图给了我们。我和森冈笨拙地低头致谢，转身欲走，正在这时，他们叫住了我们：“啊，对了对了。”森冈立刻紧张地停住了动作，大概是以为自己被认出来了吧。然后他僵硬地慢慢转过身，一边当心着不让口罩掉下来，一边问：“怎么了？”

“没什么。”那老板的声音很自然，他解释道，“您可能不知道吧，如果是想步行游览奥入濑，从下游往上走比较好。看着前方潺潺流来的溪水真的很有乐趣。”

森冈的肩膀松弛下来。我们再次低头致谢，走出玄关。而那对夫妻似乎打算要一路送我们到外面，也一起来到了院子里。

当我们靠近那间小狗屋的时候，里面跑出一条黑色柴犬，夫妻俩亲昵地抚摩起它来。

“啊，那狗。”森冈的声音透过口罩传出。那狗看上去体形不大，却是威风凛凛，生了一张狡猾而又精明的脸。

“昨天你们有没有被它吼？”老板娘问我和森冈。

“有啊。”我点头，“我们靠近的时候它生气了。”

“果然是这样啊。这只狗自己在小屋里的时候总是这样。”

“大概它认为那是它的私人空间吧。”老板笑着说。

“就算是我们靠近，它也会‘呜呜’地表示不满呢。”

“是吗。原来是这样。”森冈尽管仍然心有余悸，还是略带胆怯地靠近那只狗。的确，那狗完全不见昨晚警惕的模样，非常老实。哪怕森冈蹲下来伸手过去，它都没有介意，丝毫不见要吼的样子。不仅如此，在森冈抚摩它背部和腹部的时候，它甚至眯起了眼睛享受，然后顺势仰躺到他身边。

戴着口罩的森冈睁着那双小眼睛，不停地抚摩着那狗，我就在一旁看着他。“错不在我啊。”他的声音很小，似乎并没打算让别人听到，但却清楚地传入了我的耳朵。

“这车真小。”老板指着我们的车。“很可爱呢。”老板娘微笑着说。

的确，和两旁的车比起来，我们的车相当小，但整体给人一种虽然看上去像是缩着肩膀娇小可怜，却又无所畏惧的感觉。

“因为小，所以可以唰唰地往前开吗？”老板问。

“不，是慢吞吞的。”森冈一副不屑一顾的口吻。

“比大踏步前进更可爱，不是吗？”老板娘的声音很温柔，于是我也使用了最近才学到的一个词语说：“是嗨哟嗨哟前进的。”与此同时，我想到，人类走在人生道路上的每一步，永远都是嗨哟嗨哟的。

我发动汽车引擎往前开，从后视镜里，我看见老板夫妇在对我们挥手。

我转动方向盘，踩下油门，顺着高原笔直开，如地图上所示，到了一个颇大的丁字路口。

有一段时间里，我一直被雨水敲打玻璃窗的声音、一定时间启动一次的雨刷声、引擎声和轮胎碾过积水的声音所包围。收音机收不到电波信号。雾气弥漫，原本可以看到山的地方，此时也只能看到一片朦胧烟雾。不知道当风吹散这烟雾的时候，躲藏在其背后的山是否也会一起消失？

“我时隔一年回到家，看见我老娘正在打电话聊天。”冷不防地，森冈又挑起了话头。

我下意识地左右看了一眼，以为是有什么我看不见的人物正在质问或者询问森冈。没有任何人存在，看来他是不问自答。

“她完全没有注意到我回来了，所以我可以很清楚地听到她说的话。挂电话的时候，我听到她说‘深津先生你也要注意身体哦’，叫出对方的姓来了。”

“所以你怀疑你母亲跟深津之间有什么联系？不过，那个深津可能不是你说的那个深津啊。”

“电话挂断以后，我就追问我老娘了：‘跟你打电话的深津是不是就是那个绑匪深津？小时候来咱们家的也是那个家伙吧？’绑架我的家伙居然跟我老娘认识，这不是太奇怪了吗?！而我老娘前言不搭后语，完全无法给出合理解释。这实在是太愚蠢了！”

“所以你就火冒三丈地刺了她？”我想起在仙台的停车场遇到的青年所说的话。“人类会因为产生幻灭感而感到痛苦。”他是这么说的。是一直被森冈认定为唯一同伴的母亲让他产生了幻灭感吗?

“显然是因为你用那种威逼的口气质问，你母亲才会吓得前言不搭后语。”我说。

森冈却摇头道：“不，那是有什么事情瞒着我的表情。她欺骗了我。”

“但是，姓深津的那个人不是个好人吗？他在精神上拯救了你。”

“而且还是他放了我。”

“那么你母亲对他怀有感激之情也不奇怪啊。”

“可绑匪就是绑匪。”

“唔，说的也是。”

“为什么母亲会和绑匪熟识，我可以想到的只有两种可能。”

“哦？”

“要么就是我老娘本身参与了绑架，不然就是在事件发生过后，她跟深津搞上了。二选一，你说呢？”

“搞上了？[①]”是“完成”的意思吗?

“我捅了我老娘一刀后马上就打了电话，按的是重拨键。然后拨到了奥人濑的一家小商店，接电话的是在店里打零工的人。我就问‘有没有个姓深津的家伙’，结果对方回答说‘有’。”

---

①日语原文为“できた”，除表示男女间发生亲密关系外，也有完成之意。

“你和深津说话了？”

“没说就挂了。用电话可杀不了他。”森冈的口吻淡淡的，却让人联想到满是倒刺的树皮。

开上四十六号国道以后，我又去加油站加了一次油，以防万一。随后便一直在平坦的公路上驱车前进。车流量不小，所幸没碰上令人厌恶的堵车。我试着打开收音机的开关，音乐再度响起。似乎又开到了可以接收信号的地方，我不由放下心来。

“你这人还真是喜欢摇滚呢。”

“摇滚？”

“你不是笑眯眯地在听吗？”森冈看着收音机，抬了抬下巴。

“我笑眯眯的？”

“你可别说什么音乐可以拯救人类的话啊，我最讨厌这种屁话空话了。”

“准确地说，是音乐可以拯救人类以外的事物。”

森冈脱掉鞋子，把脚搁在仪表盘上弯起了膝盖，同时把座椅靠背稍稍放低，双手抱在胸前，说：“我睡一会儿好吗？”

13

大约过了一个半小时，终于看到了标有十和田入口的路牌。地图上写着在这里右转，我便依言开上了一〇三号国道。山路忽左忽右高低起伏，我也接连不断地转着方向盘。

“转啊转啊转啊转啊的，还真手忙脚乱呢。”森冈醒了，他把脚放下，脸朝前方凑了过去。天空依旧是灰蒙蒙一片，但雨似乎快要停了。“我说，差不多了吧？”

“地图上是这么写的。”我伸出左手拿起纸质地图放到眼前。开过这条山路以后，迎接我们的应该就是十和田湖。

“啊！”过了几分钟，森冈惊叹出声。

前方出现一面大湖，虽然因为阴天而雾气弥漫，但依然可以看到那如同聚满了水的巨大圆环。此刻我们位于高处，俯瞰到一个圆。

“是那里吗？”

“好棒啊！”森冈感叹，“真大！”

我继续顺着道路驾驶，下山后逐渐驶近湖畔。环绕在湖畔的似乎是一棵棵的山毛榉。我们沿着湖畔顺时针前进，顺着湖岸画圆圈。副驾驶座上的森冈呆呆地将脸贴在玻璃上：“要是晴天的话，这里应该更漂亮吧。”

我心里暗想，天公不作美是因为我的缘故。

“真好啊。”过了一会儿，森冈深深地感慨，“又宽阔，又安静。”

奥入濑溪流似乎是从十和田湖一个叫子之口的地方向东北方向延伸的。子之口既是观光船的码头，也有成排的小商店，还有停车场。

下车以后，森冈立刻舒展起身子来，像是要确认自己的上半身和下半身还连接在一起似的用力左右扭转着身体。然后，他再次转向十和田湖，用他那双细长的眼睛眺望着这片景色。他痴痴地看着，仿佛写了一篇湖景风光的文章后又面对着它读出来一般。

乌云依旧无边无际，灰蒙蒙地笼罩着天空。雨几乎已经可以算是停了。可能由于是工作日，停车场几乎没有什么车，小商店前的店员和出租车司机看上去都很空闲。

我站在湖边的导游图前，仔细观看奥入濑溪流的全景图。

“深津在吗？”我问他。

他的眉毛动了一下，嘴唇与脸颊又开始痉挛。“我还没去呢。”

“你母亲如果真的跟深津有联系的话……”

“错不了，他们以前就认识。”

“那么你母亲会不会打电话跟他联系，告诉他你可能会来这边？”就算被刺伤了，打个电话总还可以的吧。

“啊——”森冈拉出一个长长的拖音，“这很有可能呢。”

“你还真是走一步算一步。”我表示佩服，“那么你要杀他吗？”

“我就是为此而来的。”

“你的刀已经扔了。”

“无所谓用什么东西来动手。”森冈说着掏出一把原先不知藏在哪里的叉子，看来是从昨天去的那家餐厅里顺手牵羊的吧。

“用那玩意儿能把人杀死吗？”

“我可以戳他眼睛。”森冈说这话时一点都不像是在开玩笑。

“你戳了他以后打算怎么逃走？”

“我不逃。我不是说过嘛，我要去警局自首。”

“那么，你快去那小商店吧。”我说。

森冈像是不满意我的态度，绷着一张脸又甩出他的口头禅：“你算什么人啊。就算你不说我也会去。”说完，他转身背对着我往前走。

我仔细观察着他的一举一动。在停车场对面的一家小店前，有一个男人正在烤着一串什么东西。森冈走近那个人，板着脸孔开始搭话，口罩早就扔掉了。

和我预想的不同，森冈走回到我身边，手插在裤袋里，耷拉着肩膀，身子微微向前倾。

“深津不在吗？”

“不，他的确就在那家店里干活，不过据说今天休息。真是倒霉透了。据说他会在三点左右露个面，来还之前借的车。”

我看了一眼商店旁公交车站的时钟：“还要再等两个多小时吗？”

“是啊。”

“那么，”我试探着说，“要观光吗？”我伸出大拇指指向那块奥入濑溪流的标牌。旅行就是要观光，这可是森冈自己说的。

14

森冈并没有忘记民宿老板所说的话，他出乎意料地执着，说：“既然要去，那么就从下游开始吧。”于是我们决定搭出租车先去下游。这样，就可以从下游开始，步行回到子之口。

司机告诉我们：“从这里开始走，用不了三个钟头就能走到子之口。”我们便决定从他建议的地方开始行程。

下车的时候，司机用怜悯的目光看着我们说：“可惜天公不作美，不然那里的景色才真叫漂亮。”

森冈应道：“我们已经习惯天公不作美了。”

对我可言，奥入濑溪流也是新鲜的。我不明白人类是因何感动而来到这里，但依然还是对这缓缓流动、几乎与地面等高的溪流产生了浓厚兴趣。源源不断的溪水潺潺地从前方流来，从我身旁滑过，让我联想到了大迁徙。

森冈无言地步行在树木围绕的散步路上。

他走到半路，站定了，轻叹了一声：“啊！”那声音听上去如同一个年幼的少年。一瞬间，我产生了错觉，仿佛看到森冈的个子缩小了，变回了十多年前的那个孩子，身边也同样站着我。

眼前正是水流湍急之处，河床上有好几块岩石矗立，挡住了水流前进的方向。溪水撞击着岩石，增强了水势，仿似一只冒着泡泡的白色的手在粗鲁地拍打着岩石和河床。水花的白与岩石的灰交织出一幅天然的绝妙景色。

溪流周围和突出水面的岩石上长有青苔，根据刚才那位司机的解释，是因为这里的水位几乎常年不变，这样有利于青苔的生长。

“真好玩啊。”走了大约一个小时，森冈突然发出感慨。

“好玩吗？”

“虽然我们现在是逆流而上，但你不觉得这几乎跟地面平行的溪流是在跟我们并肩而行吗？”

的确，我们正和那流淌在身边的溪水比肩同行。我一边走，一边像观察人类一般观察着溪流。鸟儿振翅飞翔的声音和树枝随风摇曳的声音里交错着哗哗的水声，阵阵风轻轻拂过我的脸庞。我轻轻闭上眼，心想，只要侧耳倾听这声音，何尝不是一种音乐？

又过了大约三十分钟，我们走到一处能观看到小瀑布的地方。那里放着的一张长凳上坐着两位老人，应该是夫妇吧。我们经过的时候，他们正要站起来，却见老奶奶一个不稳，向前摔去。

我和森冈差点撞到她，连忙站定。

我本来以为森冈又要像往常一样发作，没想到他一动没动。

“不好意思。”双手撑着地面的老奶奶向我们道歉。

一旁的老爷爷忙伸手撑住老奶奶的身体，将其扶起。“真对不起，内人走得累了。”他抬头看着我们再次道歉，而他自己的脚步看起来也有点摇摇晃晃。

我不由指出：“二位好像都累了呢。”

老爷爷却坚决否认：“不，我还精神得很，只有内人一个人走累了。”脸上布满皱纹的他转头对老奶奶说，“来，抓好我。”接着，便顺着我们来的方向离开了。

“老人家走这段路，很累哪。”森冈说。

“那老爷爷明明很累了啊。”我觉得很奇怪，“他为什么要说谎？”

“在逞强吧。”

“逞强？有必要逞强吗？”

“不知道，应该是为了那个老奶奶吧？如果连老爷爷都累垮了，老奶奶不是会很不安吗？所以他才要逞强。是这样的，一般都认定信赖的人必须得比自己厉害。”

“是这样啊？”

到此，我们的谈话再次告一段落。

往前继续走了十几二十分钟，森冈渐渐喘起了粗气。大概是因为上游逐渐接近终点的缘故吧，森冈的神色变黯淡了。

“虽然这事可能无所谓——”我边说边看着缓缓流动的溪水，和刚才的那对老人分手后，我就一直在思考一件事。

“什么事？”

“会不会有这种可能？”

“不知道。”他还没听完就回答说，“什么事？”

“那个姓深津的人，其实也是受害者？”

“啊？”森冈皱紧了眉头。

“他会不会并不是绑匪的同伙，而和你一样也是被他们绑架来的受害者呢？”

“你到底要说什么？”

“因为其他绑匪都蒙着脸，只有深津一个把脸露在外面，这一点是个关键。”我说是这么说，可其实也是刚刚才注意到，“他当时拄着拐杖，对吧？很难想象绑匪会要一个受伤的人共同参与行动。”

“那么大年纪的人了，会被绑架吗？”

“就算是大人，只要能要到钱，也是照绑不误的吧？”我试着说。

“你在说什么啊？这怎么可能呢？连深津他自己都说自己是绑匪啊。”

“这就是那个呀。”我指着我们一路走过来的小路，“就跟刚才那对老人一样，不是吗？”

“刚才的？”

“深津当时是在逞强。”

“啊？为什么？”

“为了消除你的不安。”

我此话一出，原本正打算开口的森冈立刻闭上了嘴。

“深津安慰你说‘没关系的’，让你安心。但如果深津自己也是被绑架来的受害者，那他的话还有说服力吗？你还会安心吗？”

森冈没有立刻回答，只是一步一步地向前走，仿佛正在努力回想当时那段可怕记忆的细节。“我不知道。”

“深津和你一样，也被监禁在那间屋子里，但为了消除你的不安，他假装自己是来监视你的人。”

“我说，如果真是那样，绑匪一般会把深津给绑起来的吧？我那时还是个孩子，还好说，他可是个大人啊。”

“的确是这样。”我点头。

“什么呀，别那么轻易认输啊。”

“反正我也不知道真相，也不想知道真相。我不过是把我想到的说出来而已。”

“你算什么人啊。”森冈目瞪口呆，叹着气说道。

于是我们继续往前走。我完全不在意刚才做的那番臆测究竟如何，但森冈却不是。“但是，”过了一会儿，他突然冒出一句，“但是，大概是因为深津腿脚不方便吧。就算他能出那间屋子，凭那双腿也逃不了多远吧，所以索性让他在房间里自由行动了。对了，对绑匪来讲，如果不绑住他，他就可以自行去上厕所什么的，反而更方便。”

我耸耸肩。“真相如何我不关心。不过，如果真的是这样，那么绑匪们碰到的车祸搞不好是深津引起的。”

“你说什么？”

“深津当时被塞到车子里去了，至于是为了放他还是杀他灭口，就不知道了。总之，那天他上了那辆车，然后为了逃生，就在车里反抗。”我回想起昨天看见的那辆歪歪扭扭前行的红色轿车，“然后就发生了车祸。”

“那他能在车祸中逃生也只能算是侥幸喽，这也太危险了吧。”

“大概他觉得死了也无所谓吧？”其实是因为那个时候深津身边没有死神跟着吧。

“然后他再回来救我？一走了之不就好了？”森冈说完又忍不住

嘀咕，“就他那双腿，”他挤出干笑声，像是要一扫心头的混乱，“怎么都不可能吧。”

“不可能吗？”

“不可能。”

“但是，如果真是这样，你母亲会跟深津取得联系也就不奇怪了。因为深津并不是绑匪，而是你的恩人嘛。”

“那深津为什么会来我家？”

“大概担心你吧。毕竟你们是共同的受害者啊。你在遭到监禁的时候，有没有告诉过深津你家地址？”

“不记得了。”森冈的太阳穴上血管暴突，“我说，假设这是真的好了，那我老娘为什么不告诉我？老实告诉我不就好了？如果深津不是绑匪的话，就这么跟我解释不就好了？”

“我也不是很清楚为什么。”说到这里，我再次在脑海中搜索出与在仙台遇到的那个青年有关的记忆，“或者是不想让你感到幻灭吧？”

“幻灭？”

“深津对你来说，是值得信赖的人，不是吗？如果你知道他也是受害者，一定就会感到幻灭。大概深津是这么想的吧，他不想让那个嚣张的绑匪形象消失。”

“怎么可能会感到幻灭？”

森冈一边走，一边用双手用力挠着头，那拼命的样子好像在说，造成他思维混乱的原因就隐藏在发根处。

“等一下，如果真像你说的……”

“尽管我没有你那么博学……”

“如果真像你说的，那我这算什么啊？我刺伤我老娘，还杀了个小流氓，而这全都是因为我搞错了？”

“不是因为你搞错了。”

“如果我老娘或者深津把事情如实告诉我，我大概就不会无端杀人了，我的人生大概也会不一样了，开什么玩笑！”

其实我认为人类做的事情大都是没有意义的，所以并没有就这个问题给出答案。但是因为森冈似乎并没有注意到这点，所以我说：“人类不是最擅长这种无聊的一念之差吗？”

一片巨大的瀑布映入眼帘，我们再次停住脚步，这片横跨溪流的瀑布宽约二十米，高不足十米，宛如一块白色绢布伴随着清亮的水声飞流直下。很多拿着相机的人聚在一起，相当热闹。

在一块写有“铫子大瀑布”的标牌前，有好几个游客在拍照留念。

听到瀑布的声音，见到人群，森冈才如梦初醒地将手从头发上拿开。随后，他一脸茫然地凝视着瀑布。过了一会儿，他看着我说：“这个啊，看上去就像是一个人的一生。”

“什么意思？”我想起一个死神同事说过的话，他说人类看任何东西都可以扯上人生。

“这里是河的上游，是起点。那是瀑布。这里很气派，人也很多。这像不像我们出生时的场景？我们出生的时候就是这样的吧，大人们像过节似的，我们吸引了他们全部的注意力，每一个人都感到很高兴。但是，随着这水流啊流，就跟我们一路看过来的一样，只能是静静地、单纯地往前流动了。你不觉得很像吗？”

我侧着头望向他，然后回忆起刚才步行了两个多小时看到的那条舒缓而美丽的溪流。溪水波澜不惊地静静流淌着，保持着平衡的水位和沉稳的呼吸。“我觉得下游的景色也不坏。”我这么说道。

回到子之口的停车场，森冈去了一趟公厕，回来后对着我感叹道："好久没有走那么多路了。"然后，他把他那双充血的眼睛凑近了我，"喂，你说我该怎么办？喂，你说到底是怎么样的？深津会是那起事件的绑匪吗，还是说他跟我一样都是受害者？"

"那有什么区别吗？"

"碰到深津我到底该怎么办……"森冈兀自呻吟的时候，三十米开外的小商店前面出现了一个男人。

那是个中年男子，头发略显稀疏，浓眉，眼睛低垂，拖着行动不便的左腿，走路的时候像是要用手拽着腿才能艰难地往前走。

森冈呆呆地看着那个人。

我问他："那就是深津？"

他却置若罔闻。

过了好久，他才求助似的问我："我说，那个人，你看了有什么感觉？"

"什么什么感觉？"

"像是个胆小的绑匪，或者，是一个会为了逞强而假装绑匪的人？"

我可无法清楚地断定这两者存在怎样的差异，于是我回答："你爱怎么想就怎么想。去用叉子戳他眼睛也好，上前打个招呼然后直接回去也罢，都和我没关系。"

我能确定的只有一点——再过五天，森冈就要丧命。

"拉面！"这时森冈突然说。

"什么？"

“我们来的时候吃过的那家拉面店，回去的时候再去一次吧。”

“国道边上的？”

“那家店里的大叔，说不定在等我们呢。”

接着，森冈朝小店那边跑去。我看见地上掉了什么东西，蹲下来捡起后叫道：“喂，你忘了你的叉子！”

这时，一滴雨点突然滴到我脸上，我抬起头，看见那个站在小店前的中年男子露出了惊喜交加、终究要哭出来的表情，努力拖着腿朝森冈走去。

死神与老妇人

1

“你不是人类吧？”

被眼前的老妇人这么一说，我不由得发出一声惊叹。当然，迄今为止也有好几个人注意到我不是人类。尽管尚无一人具体而准确地指出“你是死神吧”，但因感到发冷而战栗，或是歪着脑袋充满怀疑地看着我说“总觉得你好像有点怪”之类的倒是有。而像今天这样，见面头一天，并且是在坐在镜子前的椅子上由她为我理完头发后的这种轻松悠闲的氛围中，突然就被指出这一点的情况还是极其少有的。

几分钟前，老妇人还一边聊着这海边的城镇，一边帮我剪头、洗头、用吹风机吹干后定型。但就在完工后，我站起来掏出钱包拿在手里的时候，她却突然说：“说起来，你不是人类吧？”

“你不否认吗？”她微笑着，虽然已经年过七十，口气却仍如年轻女子。

“你是通过头发来判断的吗？”我看着脚下散落的黑发。

“当然不是。”老妇人挑起眉。她的头发已是一片雪白，脸上刻着好几条皱纹。“只是觉得你和人类不太一样。我对这种事情很敏感呢，所以刚才就猜猜看。”

“你不担心这样问，我会生气吗？”

“让年轻人生气可是老人家的特权哦。”她轻快地说着，感觉比外表只有二十五岁的我还要年轻许多。“那么，你来我店里干什么啊？”

“剪头发啊。”我说谎。

“怎么可能。”她似乎看穿了我。

“这家理发店很有名，不是吗？”我一边回忆事先得到的信息，一边说。位于面朝太平洋的一个小镇上，坐落在能俯瞰大海的一座小山丘上，并且由一个高龄老妇人亲自理发——据说就是这三点让这家店出名的。

“大家都很想尝试让七十多岁的老人剪头发的刺激感。”她笑着说，牙齿洁白而整齐，不知是否装了假牙，“就像坐云霄飞车一样。”

“原来如此。”

店里的一面墙上安着一面巨大的镜子，镜子前摆放着三把供客人理发用的椅子。

“过去店里还有能帮帮手的年轻人，生意好的时候，我们得连续给三位客人理发呢。”

店面不是很大，却有点像我以前曾见过一次的芭蕾舞房，有一种空落落的感觉。门口摆放着一张皮沙发，应该是给等候的客人准备的。

“最近也只有住在附近的邻居或孩子会来了。还有些不知道看了哪本杂志而突然慕名前来的年轻人。”

“我也是啊。”

“净说谎话。”她一口就否定了我的话，“你在剪头发的时候完全没有提过这家店或者大海之类的，不是吗？如果真的是因为对这家店感兴趣而来的，那至少也会说上那么几句。”

“我疏忽了，下次一定注意。”我望着镜子，看着镜中反射出的外面的景色，“这家店视野很好，景色真是太棒了。”我假惺惺地感叹道。

老妇人却大大地叹了口气，一脸受不了的表情。“明明下着大雨？”

窗外正下着瓢泼大雨——好像被称为秋雨，虽然雨势时大时小，却丝毫没有要停的样子。“的确，雨下得真大。”

“如果这样的景色也能说是真棒，那你还真好伺候。”老妇人把我给她的纸币放入收银机，并找零给我。

“我工作的时候总是下雨。”我对她坦言相告。

“总是？”

“我还从来没有见过真正的晴天呢。我这么说，你会惊讶吗？”

老妇人眨巴着眼睛笑了，那笑容拉平了脸上原本刻着的皱纹，却似乎又在别处平添了细纹。“姑且相信你吧。”她说，然后问，“那么，你来这里是要做什么工作？”她说着坐到了一把圆椅上，她的态度与其说是把我当成客人，不如说近似于盘问一个可疑的突然造访者。

“你看上去不像七十岁。”这是我的真心话。她有着白发和皱纹，却并不显得怎么老迈，而且头脑也很灵活。

“人类就算年纪大了，也不见得有多成熟呢。”

“深有同感。”

老妇人伸手抚摩着下巴，对着站立的我打量了很久，像是一个摄影师正在面对着一名模特思考构图。“你莫非是那种？”她说，“你是来见证我的死亡的吧？”

“哦？”

“不知道为什么，我经常会失去身边的人。”

“哦？”

“比如，我的父亲就是在我十多岁的时候出车祸去世了。”她说着弯起大拇指，“然后我二十多岁的时候，第一次喜欢上的人也死了。”她说着又弯下食指，是说第二个人的意思吧。

“你难过吗？”

“怎么可能不难过。”老妇人像是在聊自己的失败史，“虽然现在能够这么平心静气地说出来，可那个时候，打击可大了——”

她这种轻快的叙事方式甚至让我感到有点新鲜。

“打击太大了，让我觉得死的人其实是我。但是，那也是五十年前的事情了。明明觉得再活下去也没什么意思了，却还是这么活了五十年。”老妇人似乎觉得有什么东西很可笑，呵呵笑着说，“而且还在三十岁的时候结婚了。”

我望向店门口收银机旁的小相框，照片里穿着西装的瘦削男子正害羞地笑着。

“那不是挺好的吗？”我不带感情地说。

“但是我先生也在婚后第四年出车祸死了。你能相信吗？”

“也不是不可能吧。”是的，这并不是不可能的事。

“再有——”

“还有吗？”

“果然连你也要感到震惊了吧？”话是这么说，但老妇人脸上却是一副淡然的表情，“我生了两个儿子，大儿子在上初中的时候被落雷劈死了。落雷啊，落雷！这种东西想都想不到的。”

“原来如此。”我静静地点了点头，“这的确有点不平衡。”

“你这说法还真有趣呢。”她笑了，“不平衡，是啊，这说法也许不错。也太不平衡了吧？大家都因为事故之类的原因从我身边一个个地离开，连比我年纪小很多的儿子都……”

基本上，都是由死神来决定人类是否会因为卷入事故或者事件而死。而像我们这样的调查员则须对被选中的人类进行调查，调查结束，如果提交的报告结果是“可”，该调查对象的死亡就会得到执行。我并不知道实际上是以怎样的条件来挑选对象，也不想知道，不过我也不禁感觉她身边的人被选中的比例未免高得太有失平衡。

“总之，我刚才在给你剪头发的时候，总觉得你有种莫名的熟悉感。”

“熟悉感？”

“或者说是死亡的预感？虽然听上去很无聊。”老妇人又一次像个少女似的笑了起来，我再次无法判断她的年龄。“我的父亲、丈夫还有儿子死的时候，我都曾经感觉到和你周身类似的空气氛围。我也想到了，莫非我身边有人死去的时候，基本上都有像你这样的人物出现过？”

“聪明。”她已经说得八九不离十了，那些人死亡前一个星期，我的同事们理当会被派遣到人间进行调查。

“这次轮到我了吧？”她的眼睛微微眯起，凝视着一直站着的我。她不像是在套我的话，那双眼睛里蕴藏着殷切的期盼，仿佛在诉求：这次，请一定让我去死。

我还在犹豫该怎么回答才好，她却继续说道：“基本上我也没有别的亲人了。”

“一个亲人都没有了吗？”

“还有个小儿子，就是被落雷劈死的那个儿子的弟弟，不过也有二十年没见了。大儿子死后，我还是没办法习惯，颓废了好一阵子，完全没有尽到一个母亲应尽的责任。”

“所以小儿子就生气了？”

“大概对我失去耐性了吧。去上大学之后就再也没回来过。结婚也没有告诉我。音信全无。”

“你想在临死前见见这个儿子吗？”我说出了不合秉性的话。我的同事当中的确也有人会向即将死去的人类提供一定的特殊服务，但我并不是那种类型的。

“倒也不是……吧。我只要知道儿子活得好好的就足够了，我现在靠自己也能凑合着过日子。话说回来，照你刚才说的，好像这次果然是轮到我死了吧？”

“你心情不好了？”

“不。”老妇人不像是在逞强，却也没自暴自弃，语气中反而透着那么点自傲，“因为，我知道一件非常重要的事情。”

“是什么事？”

“人类皆有一死。”

“理所当然的呀。”

“对你来说或许是理所当然的，而我却要花上七十年的时间才能对此有一个真切的认识。”

店门突然开了，门外磅礴的雨声钻了进来，进入店内的是一个被雨淋湿的少年和一条体形庞大的狗。

2

看来少年是这里的常客，他嬉皮笑脸地大声嚷嚷着“老奶奶，我来了哦”，算是对老妇人的“欢迎光临”的回应。

“这么大的雨，你还特地跑来。”老妇人一边说，一边从里头拿出一条大毛巾扔给少年。

“外面好冷啊。”少年边说边用毛巾胡乱揉搓起自己的头发来，完了又匆匆擦了擦身上的衣服，随后就去擦拭身边坐着的狗。那条狗的体形几乎跟少年差不多大。

“好大的狗。”我不由脱口而出。

“很棒吧。”少年骄傲地扬起了鼻子。

“几岁了？”我问。

“六岁！”少年摊开一只手掌。

我放弃了纠正他说六却只竖起五根手指的念头，继续问：“我想问的是狗的年纪。”

少年的声音愈发响亮了：“喊，古驰也是六岁了呢。”他的表情中充满了骄傲。

“古驰？”

“是这条杂种狗的名字。”老妇人一边回答我，一边让少年坐到中间的那把椅子上，“这孩子的爸爸很喜欢狗，圣诞节的时候，孩子的妈妈缠着要一个古驰的包，结果他就把这条狗带回来了。”

“这可不是包。”我低头望着脚边那只长着一身蓬乱棕毛的狗说。

“他说，这不是古驰的包，却是狗里的古驰。”镜子里照出老妇人苦笑的样子。

“狗在这里没关系吗？”

“古驰很聪明，没关系的。”回答我的是少年，老妇人正在给他围理发围裙。

“与其关心这个……你还不回去吗？”老妇人似乎看穿了我并不准备走，故意对我下起了逐客令。

“我再坐一会儿，等雨停了就走，好吗？”我边说边在沙发上坐下，将脸转向身边的狗。狗的脸和坐着的我几乎处在同一个高度，一照面，狗立刻打了个寒战，随后紧紧地盯着我看。它吐出舌头，像蒸汽机引擎似的微微摇晃。狗和猫一类的动物或许比人类更聪明吧，只要我们一从它们身边经过，它们往往就能察觉出我们的真实身份。看来眼前的这条杂种狗也不例外，它的表情明确告诉我，它已经知道我的真面目了。但它却并没有吠叫。它没有对我吠叫，只是安静地看着我，像是在用眼神表彰我的辛勤工作。“你辛苦了！”它似乎要这么对我说，于是我也回应道：“你也辛苦了！”

店内安静了一段时间。雨滴噼里啪啦地敲打着窗户，剪刀咔嚓咔嚓地修剪着头发，柱子上挂的钟像是在打拍子似的嘀嘀嗒嗒数着秒，杂种狗在我身边安静地呼吸着。剪刀、钟、狗的鼻息，与店内暖气的风声交织在一起，包围了我。

我看着理发的老妇人。她的手法十分娴熟，先用梳子挑起少年的一小撮头发，再轻盈地用剪刀剪掉。少年一直盯着镜子看，渐渐地被睡意所笼罩，眼皮合了起来，脑袋眼看着耷拉下去了，又一惊，睁开了眼睛。

这样的情形持续了近三十分钟。说真的，我很想听会儿音乐，但我知道要求不能太过分。我告诉自己，时间还有的是。就在这时，店门打开，又有客人来了。

“还以为下这么大的雨不会有客人呢。”进门的女子不胜遗憾似的发出“什么呀”的叹息声，轻轻拂去衣服上的水珠。水珠大概滴到了狗身上，趴在我脚边的狗站了起来，往那女子的脚边蹭去。“啊，古驰！”那女子叫着伸手抚摩狗的头颈，看来也是认识的。

那女子大概二十岁出头，皮肤白皙，鹅蛋脸，一头褐色的长发扎在背后。她瘦瘦高高，穿着件毛衣，外罩一件藏青色的外套。

“啊，竹子，晚到一步哦。”少年对着镜子高声打招呼。

“你稍等一下，接下来就轮到你了。”老妇人一边说，一边竖起剪刀灵巧地移动着。

“啊，是吗，那我等一下好了，反正外面又冷又下雨。”竹子说着脱下外套，这时才注意到沙发上坐着的我。

“啊，他不是客人。”老妇人大概察觉到了，看都没朝这边看一眼，就解释道。

“你好。”竹子对我一点头，就在我身边坐下了。这次的我应该是跟她年纪相仿，也许正因为如此，她才以比较随意的口吻问我：“你不是这一带的人吧？”

“嗯。”

“也是因为对这家理发店感兴趣才来的吗？”竹子瞥了一眼窗外，“那就应该找一个天气好的时候来呀，从这里看出去的景色非常漂亮呢。”

“下次一定。”我回答。当然，我根本没打算下次再来。

“不过，剪得真不错呢。”竹子打量着我的脸，不，是打量着我的头部后说，“新田太太虽然已经是老奶奶了，可品位还是很好的，你说呢？”

“是啊。”我理解不了她所说的对于发型的品位好坏，只能随口敷衍，并因此想起这个老妇人原来是姓新田。“你经常来这家理发店吗？”

“大概是从两年前开始的吧。我住的地方离这里开车要三十分钟呢，看了杂志后知道了这个地方，然后就一直来了，是吧？”说到最后，她像是在征求老妇人的同意。

“我比你来得早哦。”少年自豪地说。人类这种生物为什么会想要在这种无聊的事情上找出差异，从而获得优越感呢？从这么小的时候开始就是如此，实在是无药可救。

“后来就觉得不管是什么事情，只要跟新田太太说起，她总能逗我开心。”竹子笑得眯起了眼睛。

“年纪大了，也就是老生常谈而已。”老妇人苦笑着说道。

“比如说？”我问身边的竹子，总算有点作为一名调查员开展工作的感觉了。

“比如？啊——对了！”竹子双眼朝上望着天花板，“我有个亲戚，接连遭遇了极大的不幸……”

“不幸？”

“是我一个已经年过花甲的叔叔，他自己的公司破了产，孙子进了少年收容所，妻子开车还出了车祸。两年前我在这里理发的时候，感叹说这么不幸的人生真让人厌恶。还说，相比之下，还是另外一个叔叔比较幸福，住豪宅，把两个儿子培养成了医生。你猜新田太太听了之后是怎么说的？”

“猜不出。”

“她问我，那些人都死了吗？”

一直都在听我们谈话的老妇人微微一笑，照常动她的剪刀。

“说什么幸与不幸，不到临死，是不会知道的。”

“活着的时候，真是不知道还会发生什么。”老妇人深有感触地说着，但听上去却并不沉重，“我们喜一阵忧一阵，也都只是徒劳。不到被钉在棺材里的那一刻，没人知道还会发生点什么事哦。”

“怎么说呢，听她这么说了以后，我突然觉得，大概真的如此。”竹子抚摩着大狗说，“实际上，之前我认为幸福的那个叔叔，他的妻子却被人设局信了一个什么新兴宗教，似乎背了一身的债。还有无往不利的政治家年纪大了却遭到审讯，有名的运动员却出了严重的车祸，看到这些，我真觉得，不到临死前，的确不知道还会发生点什么事情呢。”

“这大概就是那什么吧。”我在判断该如何回答才比较合适的时候，回想起很久以前负责调查过的一个棒球选手，于是接着说，“就跟棒球一样，只要没有宣告比赛结束，胜负就未定，是吧？”

“是啊，也许是有点类似。”老妇人愉快地回答。

“不怎么类似呀，稍微有点区别的吧。”竹子歪着头思考。

“比赛结束！”少年莫名地大声说着，独自陷入了喜悦中。

3

我依旧坐在沙发上等待。不出所料，雨一直没有停，老妇人也没有来赶我走。

少年理完发以后把座位让给了竹子，剪刀声再次咔嚓咔嚓响起。我到这里的时候是下午一点，从那以后已经过了五个小时。天色已一片昏暗，看不清窗外的景色。

那理完发的少年似乎也没有要立刻回去的样子，他就坐在我身边，一边抚摩着爱犬，一边阅读漫画杂志。

“大哥哥，怎么样？”少年中途突然这么问我，他的鼻子翘着，比他身边打盹的狗更像狗，“我的头感觉好吗？”

“感觉好？”

“帅不帅？”

“短了。”我说出感想，少年显得很不满意。“不是这个啦！”他的脸涨得通红，“我是说有没有变帅一点？”

竟然如此介意自己在别人眼中的形象，这种生物还真是罕见。我再次感到吃惊。

“变得有魅力了。”抬头一看，才发现竹子站在我们面前。她取出钱包付钱给老妇人，一边看着窗外说：“雨还不停啊。”夜色更深了，雨滴依旧在敲打着玻璃。接着她跟我说：“如果你要回家，不如坐我的车吧？”

“是啊，坐她的车走也不错啊。”老妇人发出愉快的声音，像是在暗讽我无家可归。

“我也差不多该回去了。”少年也站了起来，他的家似乎就在附近，而且还带着狗，应该没打算搭竹子的车。“今天晚饭不知道会不会有海发菜呢。”他说这话时一脸满是期待的表情。

“小孩子应该说咖喱吧，咖喱！怎么能盼着吃什么海发菜呢。”竹子笑着说。

“有什么关系嘛。”少年夸张地嘟起了下唇。

“这个，你拿着吧。”老妇人递给他一把伞，少年一开始还客气了一下，最后还是收下了，道了声“再见”，就带着狗走出了理发店。

“那么，你打算怎么办？”老妇人转向我，对我挑了挑眉。如果竹子不在，我觉得她甚至会单刀直入地问我：“那么，你打算什么时候取我的性命？”能如此镇定，倒也算颇具气量。

“这个嘛——”我看着竹子，问，“能不能带我去市区什么地方？”

“光说市区也太笼统了吧。”

“有没有 CD 店？”我看了一眼店里的钟，现在才下午六点刚过，商店应该还开着门。

“CD 店？你要去买东西吗？”

“去听。”

竹子不可思议地看了看我，然后回答：“站前的闹市街就有 CD 店，我载你去吧。”

“那么……”这时老妇人突然开口。

“什么？”

“那么，我有个请求。”

她的话突如其来，我不知如何回答，老妇人见状，像是退回了数十年前，肌肤又恢复了紧致，头发也有了光泽，总之她像个少女般地对我微笑道：“这是我此生唯一的请求。”

“我说，新田太太很有趣吧？”驾驶座上的竹子对我说。

“有趣？”

“看不出已经年过七十，又有朝气，品位也好。”看似弱不禁风的竹子却开着一辆相当结实的休旅车。她一边转着方向盘，一边看着被雨打湿的挡风玻璃。“听说，她年轻的时候可是相当漂亮呢。”

可能是道路泥泞的关系，不时传来轮胎溅起水花和淤泥的稀里哗啦声，这声音让我突然联想到人类含着西瓜时的嘴巴。

“我一直觉得很不可思议，我碰到的老太太都说自己年轻的时候是美人。”

竹子立刻笑了：“不过，新田太太真的是很厉害。你听她讲起过过去吗？”

“只听说过她丈夫还有儿子去世的事。”

“是吗？我从来没听她提过这方面的事情。”竹子说着瞟了我一眼，似乎惊讶于老妇人怎么会对初次见面的我说这些。

我忙打哈哈说：“我喜欢听生离死别的故事。”

“怪人。”竹子一笑而过，“新田太太开那家理发店似乎是在二十年前。听上去二十年似乎已经很长了，但那之前她的工作却完全是别的领域的。”

“哦？”

“好像是电影之类的感觉的。”

“电影之类的感觉？”我无论如何都认为她这个抽象的表达方式其实等于什么都没说，但她似乎觉得自己已经解释得足够清楚了，于是我只能装出理解的样子说，“是吗，是电影之类的感觉啊。”

“我以前听她说过，是做宣传，还有招募临时演员等，都是些很有趣的工作。”

“临时演员？”

“就是那种经常在电影里出现的一大群人的角色。就是那种。”看竹子的神情似乎在说：你怎么连这个都不知道？“你不看电影的吗？”

“要看工作内容。”我回答。我的体验一直都随着负责调查的对象而改变。我曾经和以侠义为重的黑道分子相遇，也曾与活跃于足球联赛的年轻人寸步不离。而在电影这方面，大约二十年前，我也曾经调查过一个自称电影评论家的男人。和那人认识以后，他让我看了成堆的意义不明的电影。在一部我记忆比较深刻的电影里，就包含了我所厌恶的堵车和我所热爱的音乐两方面，真是一部奇妙的电影。我还记得电影的前半段描写了超现实的交通大堵塞，而最后出现的是一个打鼓的男子的身影。我是不能理解其内容，但那个电影评论家却如痴如醉地看了一遍又一遍。

“刚才新田太太拜托你什么事情了？”当闹市街的灯光照亮我们车前的雨雾时，竹子问我。不知道是红绿灯的关系还是车流量增大的缘故，车速渐渐慢了下来。

我回忆起出店前老妇人拜托我的事情。

“你能帮我找些客人来吗？”老妇人在笑着说完“此生唯一的请求”之后是这么对我说的。

“客人？你有那么窘困吗？”我扫视了一圈店内，疑问浮上心头。我完全看不出她有想赚钱的念头。

“要说窘困倒也……不，是啦，我很窘困。如果你现在要去闹市街的话，能不能招呼些那边的年轻人，让他们来我店里呢？”

“要我招揽生意吗？”

“唔，差不多吧。”

“为什么非得要我来？”我丢下一句话转过身，比我先走一步的竹子正从停车场把她的休旅车开到这边，“你拜托她不就行了？”

“不行，必须得是你才好。你对这一带并不熟悉吧？”

“是啊。”

“这样才好。等到晚上，大概会有很多年轻人上街，我想你帮我去招揽几个过来。”

“不懂你的意思。”

“不过，有条件的哦。”老妇人完全无视我的困惑，继续说道，“年纪要十五岁以上二十岁以下的，四个人左右。最好男孩女孩都有。”

“这算什么啊？”

“还有，这也是最重要的一点，必须得是后天来才可以。”

“这算什么啊？”我又重复了一次。

“时间限定在后天。几点来都可以，但是一定要在后天——帮我找几个年轻人来我店里，这就是我对你的请求。”

“要怎么说他们才肯来？你还不如就在这店门外拉人好了。”

“我认识的客人可不行。所以呢，要去人口众多的闹市街那里找。还有，不能找结伴的，一定要互不认识的四个年轻人，还有……”

“还有？”

“还有，来这个店里的时候不可以泄露说是你叫来的，你一定要事先跟他们说清楚。”

“这是什么意思？”

“被你拉来的客人如果说‘是有人叫我来的’，那我岂不是很失落？”

“你的条件还真多。”老妇人的一番自说自话还真是让我感到困扰，一方面是因为我没有理由要听她的指示，另一方面，我也不愿意做不必要的闲事。

但最终，我还是接受了她的请求，原因是：一、如果我接受请求，就有理由再次同老妇人会面；二、我希望尽快结束与她的对话，去CD店。

“这算是什么事？”听了我的话，竹子皱起了眉头，“她怎么会突然想到要招揽客人呢，而且还这么勉强人？”

“我没觉得她这是突然下决心想要好好做生意。”

车流再次变得顺畅，竹子将休旅车开到一条小路上。“大概是想让店里生意兴隆点吧？”

“光靠后天一天就能兴隆吗？”

“真是怪呢。”竹子笑了，将休旅车的速度放缓停靠在路边，然后告诉我说，沿着有拱顶的商店街走，右手边就有一家CD店。我一边致谢一边下了车。

4

一走进CD店，流淌着的音乐便一下子钻入耳中，我自然地绽放出笑容。店里很热闹，我看见并排站在架子前的年轻人，还有站在收银台前的女子。我也听说最近通过网络下载欣赏音乐的人数陡增，店面销售逐渐式微，但见状还是受到了鼓舞：看来还好。

找到摆放试听机的区域，我快步走去。很幸运，还有空着的机器，我立刻将耳机贴在耳朵上，按下播放器，然后迫不及待地等着CD快点转，音乐快点响起。

一阵鼓声之后，吉他声响起，应该是摇滚乐吧，还算是我比较喜欢的。我闭上眼睛倾听。

在我即将听完一整张专辑时，突然有人敲了敲我的肩膀，敲的是左肩。不出所料，一抬头，果然一个手持耳机的女子站在我左面，对我说："你好。"

是同事。不光是我，我所有的同事都热爱音乐。晚上在CD店，一般总能碰到同事。

"你负责调查的对象也在这一带？"我摘下耳机问她。

"对对。"以女子姿态现身的同事点头，"今天调查结束，刚刚提交了报告。"

"'可'？"我问她，其实不用问也想象得到会是"可"。

"唔，是的，'可'。"她果然这么说，"你什么情况？"

"今天刚开始。"我一边回答她，一边回想起手握剪刀的老妇人的身影。

"什么样的人？"

"老妇人。有趣的是，她已经察觉到我不是人类了。"

"这可真稀罕。不过有时候是会碰上这样的人。那么，你打算怎么做？反正是'可'吧？"

我正要回答"大概吧"，老妇人对我述说的身世，或者说她身边的人发生的事情却突然掠过脑海。于是我问同事："到底他们是怎么选出要调查的人类的呢？"

"为什么突然问这个？"

“是这样的。我这次的调查对象身边死过很多人，让我觉得好像挺不平衡的。”

“谁知道呢，我对这个可没什么兴趣。”

“我也没兴趣。”

“不过就算不平衡，也无非就是有些误差罢了，你说呢？”

“说的也是。”我寒暄了几句，就离开了。

走到外面，我看了一眼建筑物上安装的电子钟，发现还不到晚上八点，商店街上正是人潮汹涌的时候。我往左边走去，倒也不是已经有明确的方向，只是预感到那一带会有年轻人扎堆。

我打算去完成老妇人的请求，寻找愿意后天去她理发店的客人。

“你说什么，你是什么人？”身穿校服的少女一脸嫌弃地看着我。

我坐在快餐店二楼靠窗的座位，俯视着街上往来的人群，打算姑且先从坐在邻桌的这个女生开始。“你后天要不要去剪头发？”

在我唐突地发出邀请后，她起先是一脸怒气地“啊”了一声。我接着把理发店的名称、地点和老板品位之好等信息说了一通，最后又说：“所以请一定去那里看看。”她却完全不予理睬。

无奈之下，我只好转移目标，于是去跟坐在最里面的一伙高中男生搭讪。“想剪头发吗？我知道一家很不错的店哦。”

我刚说完，他们就群情激奋，大叫起来：“开什么玩笑！”

我想原因应该是他们全都理了一模一样的光头。我又问了一次，他们当中身材最魁梧的那个马上摆出一副要扑过来的架势，我只好作罢。这事看来还挺麻烦的。

走出快餐店后，我打算就站在路边招揽来往的路人。恼人的雨依旧下个不停，但好在商店街上有拱顶可以避雨。

每当有貌似十五至二十岁之间的少男少女走过，我便上前说“头发……”，但是几乎没人会停下脚步。我不知道是不是我的声音不够响亮，有人面不改色地走了过去，也有人在我面前猛地加快脚步匆匆而过。几十个人里总算有一个肯停下来听我说话了，却不知是我嘴笨，还是那人对理发没有兴趣，最后还是走了。

“喂，你在推销什么？”大概过了两个小时，一个男人走到我身边。仔细一看，他脸上皮肤黝黑，一头烫过的长发很显眼，个子高高的。他穿着一件棕色外套，手上拿着一叠纸。

“我在找愿意去理发店的客人。”

“理发店？你不发传单吗？”

“传单？”我反问道。

他目瞪口呆。“你真的假的？”然后把手上的那叠纸给我看，“就是这种东西，上面一般会写有关店铺的介绍。”

那叠纸上印着完全一样的图案与文字，我看了一下，才知道那是一家即将开张的西餐店的广告。上面画着地图，我还看到诸如“优惠”“奉送甜点”之类的字样。

“你一直在拼命地招揽人，但好像通通被拒绝了，所以我有点担心。”他外表看上去像一头黑狮子，说话却很沉稳，“我一开始以为你是在泡妞，可又看见你也找男生搭讪，又不像我们这样是发传单的……”

“没有这玩意儿不行吗？”我盯着那叠纸说。

“唔，有比较好。”他耸耸肩，“而且，光凭嘴说理发店在什么地方，还是很难找的，不是吗？单凭你一张嘴，别人也会怀疑你说的理发店在招揽客人到底是不是真的，不等你说完，人家就走掉了。而且如果有传单，你只要发就行，就不需要逐一说明了，很轻松。”

我正不知如何是好的时候，眼前这个长了一张狮子脸的男人说：“需要的话我帮你做一份也行。”他摸着面颊说，“其实我比较擅长设计的。”

“那可真是太感谢了。”说到这儿，我想起了一件重要的事情，“不过我必须得在后天之前找到客人。”

“后天？找去理发店的客人？现在开始？真的假的？”他的脸上同时露出怀疑与同情，“要是真的，那可就困难了。理发店这种地方，通常大家都有固定的店，再说，要是离家太远就不愿意去了，你说呢？你今天招呼，让后天就去……到那家店附近找不是更方便吗？”

“是有人要求我来闹市街找的。”然后我把老妇人列出的其余条件告诉了他：十五至二十岁之间的年轻人，男女共四人左右，而且不可以结伴而来，也不能说是我找去的。

“这是什么游戏吧？”狮子男晃动着长发，半是吃惊半是愉快地点头，“搞得像寻宝游戏一样。”

“宝？”

“好吧！”这时他像是下定了决心似的大声说道，然后自言自语似的说，“我帮你好了，我喜欢玩游戏。”随后他指着一个在百货店前长凳上坐着的年轻女子问我：“她怎么样？”

那女子正低着头，颇为无聊地玩弄着自己的头发。个子高，腿也长。

“她看上去挺时尚的。对了，你那家理发店的卖点是什么？或者说有什么特色？”

“看得到大海，坐落在小山丘上，景色很好。”我回答道。

狮子男立刻挥舞起手上的那叠餐厅宣传单，激动地说：“啊，我知道我知道。海边山丘上的理发店，我知道！是一个老奶奶开的吧？”他的脸一瞬间亮了起来。

“果然很有名啊。”

“有一个著名女演员常去，一时间炒得挺热的。哇，那店现在还开着吗？”

“著名女演员也会去吗？”我完全不知道这一点，情报部的家伙们怎么老是只给一些并不彻底的信息。

“是啊是啊。不过，大约两年前吧，已经去世了，喏，就是那个女演员，因为地铁事故去世的。”他转着脑袋，像是迷失在茫然的记忆海洋中，“叫什么来着……”他重复了十遍以后，终于报出了那个女演员的名字，我自然不可能认识。总之，我再次强烈地认为她身边的死亡人数有失平衡。人当然是一定要死的，但在一个人身边发生的由死神执行的意外死亡也太多了点。

“那家店很有名，要招揽客人大概比较容易。”狮子男顷刻之间又重新燃起干劲，“要不你试试快速走过去，很有礼貌地说‘向您推荐一家理发店’，你长得还挺帅的，这么爽朗地去说没准能行。”他似乎很习惯做这样的事情，要不就是一边在思索通常跟陌生人搭讪的手法，一边对我滔滔不绝地提出建议。

我似懂非懂地听着，打算先按他说的做做看，于是向前迈出脚步。

“不过……”我听到狮子男在身后说，“那么勉强地要找客人到店里，是为了给谁看一看店里一派繁荣的景象吗？”

5

“成果如何？”步行回到理发店，看见老妇人正在翻看杂志。已经是夜里十二点多了。那本杂志是面向年轻女性的，她大概是为了工作在做研究吧，打开的都是只刊载女性发型的页面。她说了声“欢迎回来”，看她的表情，像是早就预料到我会回来似的。我把我在繁华地带商店街上的所作所为告诉了她。

“外面还在下雨吗？”老妇人指了指店里的窗户，厚实的浅褐色窗帘将窗户遮得严严实实。

“下着呢。”只要我在，雨就不可能停。

“那么，成果如何？有愿意后天来的客人吗？”

“有一个。”我竖起一根手指，“有一个女孩大概有点兴趣。地点我也告诉她了，大概会来吧。”靠着狮子男的建议，我在之后近两个小时的时间里，跟像山一样多的年轻人——或者说像海一样多也行吧，总之就是向非常多的人推销。

“大概会来……这可不行，一定会来才可以。”

“但是你突然要人来剪头发，不觉得也太难了吗？”实际上，有好几个年轻人就是这么抗议的。

“这还需要你想点办法。”她的表情很认真，看来并非单纯想把一个难题硬抛给我，自己在一旁等着看好戏。

“想点办法？”我有气无力地回答，于是跟她约好明天上街招揽客人。我竟然跟人类立约，除了惊讶之外我不知作何感想。

过了一会儿，我问她："你不怕死吗？"我看着坐在沙发上的老妇人热心地读着杂志，忍不住就想问一问她是怎么想的，"你不是已经察觉到我此行的任务了吗？"

老妇人缓缓地抬起头，看着站在她面前的我说："你是来见证我死亡的吧？"她依旧一副恬淡的口吻，"我自然是怕死的。"但她的语气中却没透出一丝恐惧。她摇着头说，"但更让人痛苦的，是身边人的死亡，不是吗？相比之下，我情愿死的是自己。如果死的是自己，也就不会有空去想什么悲不悲伤了吧。所以，最糟的情况是……"

"最糟的情况是？"

"死不了。"她像是拉出一根天线一样地竖起一根手指，"活得越长，身边死的人就越多，这是肯定的。"

"没错。"

"所以，我并不怎么害怕自己的死亡。当然，我很怕疼。我也没什么未尽的心愿了。"

"没有了吗？"

"或许还有吧，说不定我也已经一起认了。"她点头"嗯"了几声，看上去并不像是在逞强。

我无法继续这个话题，于是改口问："你店里有音响吗？我想听听音乐。"

老妇人一开始似乎没能明白我的意图，眨了几下眼睛，但很快就站起身来："小一点的还是有的，一台收录机，如今也已经算是古董了。"

"你想听什么？"她走到收银台旁一个好像是收录机的机器前，一边插上电源一边回头问我。

“只要是音乐，什么都行。”

“这种说法最讨厌了。你女朋友没有向你这么抱怨过吗？”老妇人板起脸，从身旁的CD盒里翻出几张挑了挑，“那就这张吧，很久以前很热门的哦。”她说着，按下了播放键。

不知将会有怎样的音乐飞出——我怀着让我快要窒息的期待竖起耳朵倾听。

传来的女声沉静而通透，清亮、优美而有力。随着鼓点和贝斯的加入，歌手注入了在地面跳跃着要将歌声传递到天上的跃动感。

我不由自主地走近那台古老的收录机，伸手从侧柜上取下CD盒，想要确认到底是哪个歌手的歌。

“相当不错吧？是个大器晚成的歌手，在我年轻的时候——大概二三十岁的时候吧，造成了很大的轰动呢。歌是老歌，可现在依然没有过时。”

由于我们对时间的认知与人类有异，我无法分辨新旧，所以我只是说出了自己的感想：“声音很好。”我看向CD盒，封面上是一个妆容素朴的女人微微低着头的模样。虽然并不怎么华丽，但她的侧脸却流露出并不张扬的自信神采。

“啊！”我立刻惊叹出声。

“怎么了？”老妇人问。

“我觉得这人在哪里见过，原来是以前认识的一个女子。”我指着照片上的女人说。我记得她的名字叫一惠，还记得她当时是这么解释自己名字的由来的：“爸妈希望我能蒙上天恩赐至少一项才能，就取了这个名字。”

“你特地去会面的人不是都要死吗？”老妇人呵呵地轻笑出声，

似乎觉得很好笑。

“这个是例外。”我低声道。我例外地没有上报“可”。总之，关于照片上的这个女子，我确实是递交了“放行”报告。“她果然成为歌手了呀。”

“是呀，还是很棒的歌手哦。”老妇人感触颇深地应道，“也不知道她现在怎么样了。”

老妇人回到沙发上，再次翻看起杂志来。我则站着欣赏跳跃在店内的歌声。音乐弥漫开来，搅动着屋内的空气，这实在是一段舒心的时间。坐在沙发上的老妇人在不知不觉间摇头晃脑地睡着了。在死神的调查期间，调查对象不会死，所以我想过就让她这么睡着估计对她身体也不会有影响，但还是抱着她上了二楼，让她在床上躺好。然后我回到一楼，继续倾听 CD。

6

第二天过了正午，理发店还没有客人来。老妇人不以为意地说：“一直都这样的。”

“但你却希望明天有客人来？”

“是啊。”

“你是想做给谁看吗？”我想起昨晚那个狮子男说过的话，于是问道，“给人看很兴隆的样子？”

“给谁看？”老妇人也不像是在装蒜，鹦鹉学舌般地重复了一遍后回答，“不，是做给我自己看。总之，今天你也要去招揽客人哦。”

“你为什么想要叫那么多客人来？”

“也不是很多啊，只要四个人左右就可以了，不然我一个人也忙不过来。”听她拜托我的口气，似乎是掌握了我的弱点，而我，明明不可能有什么弱点被她掌握，却还是走向了闹市街。我想，这也算是工作的一环。

这一次，我改变了方法。我不认为按照昨天的方法推销能得到什么不同的结果，所以这次，我在邀请别人去理发店的时候，还直接给了他们大概是理发费用一半的现金。也就是说，我先问：“明天要不要去能够看到大海的理发店？”然后立刻装出恳求的样子，“实际上，如果找不到客人去，我会被骂的。我出一半费用，请你去，好吗？”

这种做法自然不是我自己想出来的，我只是模仿以前调查过的一个做销售的人所使用的苦肉计而已。

大概也是因为我已经习惯与人搭话，或者是因为现在是白天，愿停下听我说话的人比昨晚多了很多。我把钱给了其中明确表示出兴趣的几个人。有人因为感到“给钱反而奇怪”而转身就走，也有人在收了钱之后积极地表示“这样啊，那就去一次吧”。

“必须是明天哦。”我特意提醒。

“哎，明天？为什么？”

“因为明天要关门了。”我也曾不得已试着胡吹一气，结果有个少女很敏感地表示“我才不想去就要关门大吉的地方”。

“不，是人气很旺，所以要重新装修。”我毫不气馁地继续捏造。

到傍晚五点，得到了有近十人表示“我会去”的答复，但我无法想象其中拿了钱就跑的会占几成。

“喂，听说你会给我钱？”背后突然有人跟我说话。一看，眼前站着两个身材高大的十七八岁少年。他们身穿校服，却因为没有扣纽扣而显得邋里邋遢，脸颊上醒目地长着青春痘。

“如果你们明天去理发店的话。”我回答，掏出钱包想要给他们钱。

“啊，去的去的，铁定去啦。”右面的少年声音很轻薄。

“你们一定会去吧？”我开始觉得他们一定不会去。

“真啰唆，都说会去了。”左边的少年马上就耐不住性子了。如果是想来骗钱，何不做得更有手段、更加逼真呢？这实在是太不可思议了。他作势就要强抢我手中的钱包。

我立即脱下右手戴着的手套，伸手碰了一下他的手。几乎是同时，他发出一小声惊呼，当场倒地。

据说，被我们赤手碰触到的人类会立刻昏厥并且减寿一年。至于对当事人来说，这一年究竟有多重要，我无法理解，总之就是他失去了一年的寿命。

我拾起掉在地上的钱包，望向右边的少年。他似乎因为朋友突然倒地而动摇，一脸困惑，于是我也碰了他，他也是当场倒下。

“但愿你们能够长寿。”我在心底如是说，本意倒也并非挖苦。

“成果如何？”晚上八点多，我回到了理发店，老妇人又是坐在沙发上翻杂志，看上去一点都没有为近在眼前的死亡而焦虑，反而那样轻松自在。

看着她平静的态度，我一瞬间产生了错觉，以为她其实是不会死的——尽管我肯定会提交“可”的报告。

“今天很不错，明天应该会有好几个人来。”我估摸最少会有四个。

“最多会有几个？”

“十个左右吧。”

“那我最好先去找一个帮手。十个人的话，我一个人理一天都理不完哪。”她温柔地笑着，“外面还在下雨吗？”

“真不好意思。”我一边说，一边拍了拍滴落在肩膀上的雨滴。

“我说，”老妇人微微张口，像是呼吸的同时顺带说话的样子，“你是如何看待人类的死亡的？”

“没什么特别。”我老实回答。她自己才刚说过“人类皆有一死”。

“是的，一点都不特别。”不知为什么，老妇人看似很高兴，“但是，却是很重要的事情吧。”

“明明不特别的事却很重要？”

“比方说，天上有太阳是很正常的一件事，没什么特别，对吧？但是，太阳却是很重要的吧？我觉得死亡跟这个也差不多。虽然并不特别，但对周围的人来说，却是件悲伤而重大的事。”

“那又怎么样？”

“也没怎么样。”白发苍苍的老妇人笑了。

“我没见过太阳。”我这么回答后，老妇人冒出一句“啊，是这样啊”，又笑了。

之后我们没有再交谈。像是重现前一天晚上的情形，把CD放进收录机，她坐着、我站着听音乐。等她睡着了，我把她抱到二楼的床上，自己再回到一楼，欣赏音乐。真是一段不错的时光。

7

第二天，在理发店开店前，我被赶了出来。

是在来了一个女理发师之后。她像是老妇人的朋友，三十多岁，就是叫来帮一天忙的。她看来是发自内心地感到高兴，干劲十足地说：“很久没在新田太太的店里干活了。”

“为什么我不能在场？”我想问个明白。

“因为你拉的客人来的时候看见你在店里，可能会跟你说话，我可不要。”

虽然不能理解，但我觉得应该尊重她的意愿，于是出了店门。

起初我自然是想去闹市街上的CD店听音乐，但中途改变了心意，因为我对自己招揽的那些年轻人实际上会来几个产生了兴趣。

理发店外有一片宽敞的停车场，最里面是能够眺望海景的观景台。我站在观景台旁，撑起从老妇人那里借来的雨伞，遥望着理发店的门口。考虑到营业时间，恐怕我一站就得站十个小时，不过对我来说不成问题。

转过身便能俯瞰弯弯曲曲的海岸线。虽然是小雨，但接连几天下下来，也使得海水的颜色变浑浊了。浪头很高，沙滩上是一片湿漉漉的暗褐色。

过了大约一个小时，终于来了第一个客人。

可能是因为下雨请朋友开车送的吧，汽车停靠在人行道边，那客人从副驾驶座下了车，然后撑起伞走向理发店。从身高和步态来看，应该是女性。

理发店门口位置比较高，等她走上楼梯，我就看到了这位客人的长相。我对她的脸有印象，她是我第一天招揽的女子。当时她正和一名男子在一起散步，听了我的话，就很感兴趣地说："我正好想剪头发呢。"她站在门口向店内张望了一下，然后打开门走了进去。她是第一个。

从结果来看，我的成绩还算是不错的。

我招揽的几个年轻人陆陆续续地来到店里了，其中有几个碰巧前后脚。数了数，有两男三女。没的说不是？有两个中年妇女也来了，大概是附近的住户。除此之外，还有一个年轻女子的身影。

其间，我还一度从远处张望过店内，看见老妇人和来帮忙的理发师正在出色地工作。看她们认真的背影，仿佛注意力正化作蒸汽往上冒呢。

等到最后一个客人离去已经是晚上了。乌云密布的天空一片漆黑，海浪开始哗哗地拍打着海岸。看看手表，已经是晚上九点了。

"这雨还真是一刻不停啊。"我回到店里的时候，刚收拾完的老妇人这么说着，出来迎接我，"虽说是所谓第一波秋雨，但未免也下得太没完没了了。"

前来帮忙的理发师正好也要回去了。"就算没有我，新田太太一个人也能全部理完呢。"她笑着说，"不过很久没看到新田太太了，真的很开心。"她鞠了个躬，说了句"那么，再见了"，便回去了。但我知道，她应该没机会再见到老妇人了。

店里只剩下我跟老妇人。

“看来忙得够呛呢。”

“是啊。”老妇人神清气爽地对我说，“托你的福，让我重温了往昔的忙碌生活。不过，年纪大了还真辛苦呢，毕竟老了……”她说着便揉起了腰。

“是吧。”我对她的话并没有实质上的认识，只是迎合而已。我接着便开口说出自己的疑问，“到底是为什么呢？到底是为了什么要我招揽客人来这里？”

“也没什么大事。”老妇人用毛巾擦干净镜前的台子后，慢慢地坐到了沙发上，“那么你猜猜看？”

“猜？”

“猜猜看我为什么要请你去招揽客人。”

“我怎么知道。”我立刻耸耸肩，“不过，硬要说的话，大概是这样吧。”

“怎样？”

“想在死之前重温以往的忙碌体验，是这样吗？”我从事人类调查工作也有颇长的岁月了，某种程度上能猜测到人类在这种情况下会做的事，而事实上，采取类似行动的事例数量多得惊人。

老妇人听了我的回答露出了开心的笑容。“贼。”她发出前天那个孩子那样的童音，“错了。想不到你也没什么了不起嘛。”

“让你失望了，真不好意思。”

之后我们又像昨晚，也就是说，我们又像第一天晚上那样度过。

我用收录机播放 CD。老妇人在沙发上闭目养神，而我则只顾站在一旁欣赏音乐。可能因为今天的工作量比平日要大，老妇人很快就打起鼾来。虽然并不是很吵，但我还是把老妇人抱到了床上。一瞬间，我有了一种这是我们两个常年养成的生活习惯的感觉。床上沉睡的老妇人脸上洋溢着满足，如同多年前见过的暴风雪后的壮丽雪景那般安详、美好。我回到一楼，继续听CD，直到天明。

8

第二天一早八点，还没到开店时间，理发店的门便被推开了。我正感到纳闷，竹子就进来了。她穿着一件显得有点陈旧的藏青色短外套，下面配一条窄腿牛仔裤，显得很活泼。

“咦？难道你昨晚就睡在这里？”看见我直挺挺地杵在店中央，她的眼睛有些惊讶地瞪圆了。

“是啊。”我回答。准确地说，我并没有躺下入眠，所以和“睡在这里”也许还是有区别的。

“都一大早了窗帘还拉着，新田太太还没起床吗？”

“昨天很忙，她大概还在睡觉吧。你今天也是来理发的？”

“不是不是，”竹子摇手，“我有点担心，想来问问昨天到底发生了什么事情。”

“我招揽了好几个客人哦。”

“很厉害嘛。”她笑了，“那么到底是为什么？为什么突然想找客人上门？”

“不知道。”我只能这么回答，“客人来了，她看起来好像也很满足，但是原因不明。”

“是吗？什——么嘛。”

“哎哟，早啊。”老妇人出现了。她看起来精神抖擞，丝毫不见刚睡醒的样子或者残余的疲惫，似乎立刻就能投入工作，我不由对她的硬朗感到佩服。“有事？”她问竹子。

“那个……”竹子有一瞬间像是不知该如何挑起话头，但最后想必还是决定与其迂回进攻不如正面出击。“我想知道为什么新田太太会突然想找客人上门。”她说，“本来昨天想过来看看的，碰巧学校有事走不开。”

老妇人看了我一眼，好像在说我“你真是个大嘴巴啊”。这可不能怪我，你又没让我保密。她说：“大家都对不寻常的事情有着莫名的关心哪。”

“可是真的很不可思议嘛。”

“也不是什么大事，只跟我个人有关。”老妇人似乎想要岔开话题，伸出手指，指着竹子身上的外套说，“啊，这件衣服……”

“哎？”竹子发出胆怯的声音，随后立刻点头道，“是的是的。这件就是新田太太的外套，改过以后就是这种感觉了。”

“到底还是得年轻人穿才有样子啊。”老妇人眯起眼，转过脸对我说，“这衣服大概是我几十年前穿过的。潮流这东西就是会反复呢。如今这个式样好像又重新流行起来了，你能相信吗？”

“已经是那么久的衣服了？”我说着，盯着那件外套看。材质已经变薄了，有些地方甚至破了个小洞，但即使这样，仍然可以看出这是一款设计精良的外套。

“不错吧？这就是所谓复古风吧。又是短款，正合如今的潮流呢。加上衬里穿，就很暖和哦。虽说有点怪怪的，但我现在还是想问：这件衣服真的可以给我吗？”

“因为是我很喜欢的衣服，所以我反而想说，你肯收下它我很高兴。”老妇人点着头，伸手抚摩着竹子身上的外套。

我原本只是旁观，此刻却突然感到有什么东西无意间触动了我的记忆。不知是因为我对这件外套有印象，还是在什么地方见过竹子穿这件衣服，或者说，其实是我对眼前这个老妇人有印象。总之，一段记忆似乎就要苏醒，我不由得感到一阵烦躁。

正在这时，老妇人又缓缓地开口了：“其实……”这让我暂时停止了思考。也没有人特地要套她的话，她就很自然地说开了。“其实，我有个儿子。”

我稍稍向前挺身，确认道：“是活着的那个儿子吗？不是被落雷劈死的那个吧？”

“是啊是啊，还活着的小儿子。”老妇人点点头，“然后，就前阵子，他打了个电话过来。”

“原来也不是音信全无啊。”

“就在大约一个星期之前。大概二十年有了吧，他突然打了电话过来，然后告诉我，他有个孩子。”

听她的语气，就像是在轻松愉快地讲述发生在别人身上的一桩喜事。

“孩子啊。”竹子轻叹。

“小儿子他还是不能原谅我，他是吓到了呀。他以为已经跟我断绝关系了，但是他的孩子却似乎很想见我。”

“太好了！”竹子朗声说。

“但是，小儿子自然是不想我和他的孩子见面的。所以他提出了条件。他同意他的孩子来我的理发店，但是只能作为一般的客人来，不可以说自己是谁，也不能有多余的话。”

“这是对那个孩子提出的条件吗？”

“是吧。他对那个孩子说，如果能保证遵守约定，他就把我这家理发店的地址如实相告。”

“考虑得还真细致。”我说。不知道该说这小儿子太固执，还是说他深得家族真传，好开条件。

“然后呢？”竹子催促道。

“前几天，小儿子打电话给我，告诉了我一个日期，说他的孩子会在那天来我的店里。这算是他的体贴呢，还是想让我烦恼？算是什么呢？”歪着头的老妇人看上去还是一如十多岁的少女。

“难道说……”竹子有点混乱，顿了顿，说，“难道就是昨天？”

“是的。”老妇人欣喜地回答。

“等等。”我立刻伸出手掌，“这与我招揽来的客人有什么关系？”

“你也看到了，最近我店里的生意不怎么样吧？”

“你是想展示生意一派繁忙的景象？”

“当然不是。”她把嘴巴张大了一些，愉快地抬高了声音，“是因为我不想知道。”

“不想知道？不想知道什么？”

“突然就要见到自己的孙子了嘛，当然会很害怕，很紧张，也很不好意思。但是，如果空荡荡的店里突然来了个客人，我不是立刻就知道这孩子是谁了吗？所以，找很多年纪差不多的孩子来店里，我就分辨不出了。”

“那算什么？”竹子迷惑地问，“是故意的吗？”

“小儿子没有告诉我他的孩子是男是女。所以我想，只要找几个年纪相仿的男孩和女孩一起来，我那孙子或者孙女一定就混在里面，搞不清楚了吧。”

我和竹子都不知道该怎么回答，一时陷入了沉默。

“我不是很懂，”过了一会儿，我侧着头问老妇人，“你觉得这样好吗？”

“是啊是啊，新田太太，这样好吗？好不容易能和孙子或者孙女见面呢。”

“我见到了啊。”老妇人一脸痛快的表情，“一定就混在昨天来的客人当中，尽管我不知道是哪个。但是，我觉得这样刚刚好。要是还不满足，老天一定会惩罚我的。这样不是很好吗？”她缓缓地露出笑容，我觉得那笑容里掺杂着相等的喜悦和落寞。

“莫非，你已经隐约感觉到哪个孩子就是你的孙子或者孙女了？”

“只能说你挑选得很好吧，”老妇人抬眼望着我，“每一个孩子看上去都是好孩子。”然后她像是觉得很好笑似的低声说，“一开始我也以为那孩子或许会有什么不自然的举动，结果每个头一回来的客人看上去都不自然，而且……”

“而且？”我问她。

“我很努力地让每一个孩子都有了最适合自己的发型。”

9

竹子提出告辞，说自己接下来要去学校，就走出了店门。店里于是再次只剩我和老妇人。

“你今天打算做什么？”

“去 CD 店吧。”我说。

“你还真是喜欢音乐呢。”她发出感慨的声音，然后像是突然灵光一闪似的问我，“那么，你要不要跟我赌一把？”

“赌一把？赌什么？”

“现在是不是已经放晴，雨有没有停。”老妇人伸出右手指向窗口。窗帘依旧拉着，看不到外面的景色，但我不用拉开窗帘就能知道答案：“不可能停。”

“那么，就赌一把吧。我觉得已经放晴了。”

“为什么这么觉得？”

“因为我觉得今天放晴也不错。”

“完全没有根据嘛。”

“那么，就赌一把吧。”

我完全不感兴趣。对我来说，根本不用看，就知道肯定还在下，这是我的经验。我把这些告诉了她，她却只是甩下一句“没情趣的男人”，然后就快步走到了窗边，笑着说“我又没有说如果我赢了就让我继续活下去”，接着哗啦一下拉开了窗帘。

然后——

“看！”

回过头来的老妇人的身后，是一片我从未见过的广阔碧空。

老妇人带着因过于震惊而失语的我走到了海边。

沙滩因为连日来的降雨而依旧湿漉漉的，却也没有泥泞到让人无法行走的地步。我眺望着海面，不由感叹道：“好蓝啊！”我仰望着头顶上空，那里是一片清澄的宽阔蓝色，没有半片云，天空绵延不绝——“好辽阔！”

老妇人站在我身旁，拼命抑制着笑意：“‘一穿就透的蓝天’也是很不错的一种形容呢。”说着，将双手抱在胸前，“不知道最早是谁先说的。”

“就这么静静地凝望着，感觉自己会溶化进去呢。”我陶醉在那片广阔的蓝色之中。头顶是一片广阔无垠、或深或浅的蓝色天空，眼前是一片波澜起伏的大海。海天相连，使我感觉到一种似乎要被吞噬的摄人气势，从而丧失了距离感。

“漂亮吧？”

我静静地站着，闭上双眼，想要拥抱这整片天空。

“你也明白这些吗？”老妇人不像是在挖苦我。

听到狗吠，我睁开了眼睛。在距离我们大约五十米的沙滩上，一个少年正在来回地奔跑，一条狗蹦跳着紧随在他身边。正是前两天来过理发店的那个少年。老妇人似乎也注意到了他们，小声道：“真有精神呢。”

我们站在原地，继续并肩眺望了一会儿天空。我觉得，那是怎么看都不会生厌的景色。

老妇人遥望着正在玩耍的少年和狗，说道：“这样的晴天，有这样的一条狗，还有一个孩子开心地玩耍着，光是这样——”她顿了顿，“光是这样，就已经是十分的幸运了。”她张开双臂，像是要高呼万岁。

“说起来，”这时我想起了之前的谈话，“你的小儿子不是音信全无吗？之前你可是这么说的。”

“啊……”老妇人尴尬地红了脸，却毫无歉疚地说，“那只是个小小谎言。”她说着，做了个怪相，然后对我露齿一笑，“好像很久以前有部电影里是这么说的，精妙的谎言看起来就会和失误没什么不同……是哪部电影呢……”

“哦？”我反射性地喊出声。

我记得这句台词！我把记忆倒回去一点，再次上下反复地打量着眼前的老妇人，终于想起来我和她过去也曾经见过面。“难道说……刚才那件外套……”我问道，“那件旧外套，是你过去，在特卖会上买的吗？”

“是吧，我不记得了，很久以前的事情了。”老妇人说。

几十年前，我负责调查过一个在精品店工作的男子，我回忆起当时的事情。

“你一直留着？”

“因为我很喜欢啊。”老妇人回答道，眼睛一直望着海面。我也无意再继续聊下去。

狗的叫声好像乘上了海浪声，倏地传得老远。

过了一会儿，我看了一眼身边的老妇人，只见她眼睛眯成一条缝，皱纹挂在眼角，嘴角温婉地笑着。

“你在笑什么？”

她缓缓地将目光转向我，显得有点迷惑的样子：“好耀眼啊，太阳。”经她这么一说，我才发现，阳光正从右手边照耀着我们。

“原来如此。”我觉得又学到了知识，“人类在看到耀眼的事物时，表情和微笑很相似呢。”

老妇人一怔，随即回答说：“是这样呢。真要说起来，没准儿意义也差不多。”

“意义？”

“耀眼的意义和喜悦的意义，没准儿很相似。”

“你说什么呀？”我不是很理解老妇人说的话。

“真的，好耀眼呀……”我听到老妇人兴奋的话语声。

参考及引用文献

《论生命之短暂》，塞内加著，茂手木元藏译，岩波文库

《查拉图斯特拉如是说》，尼采著，冰上英广译，岩波文库

此外，本书还引用了让－吕克·戈达尔执导的电影《随心所欲》中的台词。

图书在版编目（CIP）数据

死神的精确度 /（日）伊坂幸太郎著；星野空译. -- 2版. -- 海口：南海出版公司，2017.10
（伊坂幸太郎作品）
ISBN 978-7-5442-5744-2

Ⅰ. ①死… Ⅱ. ①伊… ②星… Ⅲ. ①长篇小说－日本－现代 Ⅳ. ①I313.45

中国版本图书馆 CIP 数据核字（2017）第 193227 号

著作权合同登记号 图字：30-2015-073

死神的精确度
〔日〕伊坂幸太郎 著
星野空 译

出　版 南海出版公司 (0898)66568511
海口市海秀中路 51 号星华大厦五楼 邮编 570206
发　行 新经典发行有限公司
电话 (010)68423599 邮箱 editor@readinglife.com
经　销 新华书店

责任编辑 张　锐
特邀编辑 王　雪
装帧设计 韩　笑
内文制作 王春雪

印　刷 北京中科印刷有限公司
开　本 850 毫米 × 1168 毫米 1/32
印　张 8.5
字　数 192 千
版　次 2015 年 10 月第 1 版 2017 年 10 月第 2 版
印　次 2021 年 12 月第 9 次印刷
书　号 ISBN 978-7-5442-5744-2
定　价 45.00 元